Der sündige Schal

Petra Rütgers

www.novumverlag.com

Bibliografische Information
der Deutschen Nationalbibliothek:

Die Deutsche Nationalbibliothek
verzeichnet diese Publikation in
der Deutschen Nationalbibliografie.
Detaillierte bibliografische Daten
sind im Internet über
http://www.d-nb.de abrufbar.

Alle Rechte der Verbreitung,
auch durch Film, Funk und Fernsehen,
fotomechanische Wiedergabe,
Tonträger, elektronische Datenträger
und auszugsweisen Nachdruck,
sind vorbehalten.

© 2016 novum Verlag

ISBN 978-3-95840-179-2
Lektorat: Dr. Annette Debold
Umschlagfoto:
Sergey Ishkov | Dreamstime.com
Umschlaggestaltung, Layout & Satz:
novum Verlag

Gedruckt in der Europäischen Union
auf umweltfreundlichem, chlor- und
säurefrei gebleichtem Papier.

www.novumverlag.com

PROLOG

Wenn man vom Itzgrund spricht, so ist damit das Tal der Itz gemeint.

Von Coburg bis hinunter nach Bamberg zieht es sich und ist Nahtstelle zwischen Ober- und Unterfranken im Freistaat Bayern.

Malerische kleine fränkische Dörfer finden sich hier mit zahlreichen hübschen Fachwerkhäusern und lauschigen Winkeln. Die Landschaft, gezeichnet durch ein Nebeneinander von Mittelgebirgen mit viel Wald und zahlreichen Höhlen, ist derart reizvoll, dass sie nicht nur zur Sommerzeit scharenweise Touristen anlockt. Das milde Klima, fruchtbare Täler, Seen und sanfte Höhen gehören genauso zum Erscheinungsbild wie die Gastfreundschaft und Lebensfreude der hier ansässigen Menschen.

Selbst an heißen Sommertagen kann man einen sanften Windhauch spüren, der aus dem Itzgrund heraufweht und ein wenig Abkühlung verschafft. Gepflasterte Wege wechseln mit Schotterpfaden und geteerten Flurwegen. Die Waldstücke spenden Schatten, für die ein jeder Wanderer dankbar sein dürfte. Die Itz schlängelt sich zwischen Hecken und Bäumen sanft durch ihr Tal, ein gemächlicher Flusslauf. Doch sie kann auch anders. Immer wieder kommt es zu Überschwemmungen, weiter abwärts am so fruchtbaren unteren Itzgrund, wo sich ein Drama des modernen Lebens abspielt, in dessen Verlauf unterschiedliche Temperamente aufeinanderprallen und dessen Protagonisten zunehmend von ihrem Blut und ihren Nerven derart beherrscht werden, sodass sie keinen eigenen Willen mehr besitzen. Wie Marionetten agieren sie, durch das Verhängnis ihres Leibes und ihrer Leidenschaften zu folgenschweren Handlungen getrieben.

Die Taubergasse in dem malerischen kleinen Städtchen mit seinen vielen Fachwerkhäusern ist eine Passage zum Lustwandeln. Abgesehen davon, dass man sie gerne nutzt, um einen Umweg zu vermeiden, bietet sie sowohl den zahlreichen Sommertouristen als auch den Einheimischen durch ihre Vielfalt an kleinen Geschäften Gelegenheit, hindurchzuschlendern und für eine kurze Zeit das hektische Treiben des Alltags hinter sich zu lassen.

Da reihen sich Buchhändler und kleine Spielwarengeschäfte aneinander, es wechseln zahlreiche Souvenirläden mit Kunstwarenhändlern ab.

Man kann Handwerksmeistern und ihren Lehrlingen bei ihrer Arbeit zusehen, die sie, wann immer es das Wetter zulässt, vor ihren Geschäften verrichten. Inmitten all dieses bunten Treibens befand sich das Antiquitätengeschäft der Frau Weberknecht, einer wohlgepflegten Witwe, die bereits auf die siebzig zuging. Mit viel Fleiß, Ehrgeiz, Inbrunst und ehrlicher Arbeit hatte sie mit ihrem Mann in jungen Jahren das Geschäft gegründet, ihm Rang und Namen verschafft und neben einer regen Laufkundschaft einen passablen Kundenstamm aufgebaut.

Zu den Antiquitäten der Geschäftsleute gehörten alte Bücher, Noten, Schriften und Zeitungen ebenso wie Möbelstücke, Sekretäre, handgefertigte Tische, Biedermeiermöbel oder Antikmöbel mit üppigen Schnitzereien, wie sie an neuen Möbeln nur noch selten zu sehen sind. Keine Frage, dass es, um sich in diesem Metier zu bewegen, großer Sachkenntnis bedarf sowie eines guten Gespürs für hochwertige Objekte. Beides besaß Herr Weberknecht, der sich bereits in jungen Jahren seinen Antiquitäten mit Leib und Seele verschrieben hatte. Umso tragischer das Unglück seines plötzlichen, unerwarteten Herzinfarktes, der seinem Leben ein jähes Ende bescherte und seine Frau mit dem Geschäft und einem kleinen Kind zurückließ.

Der unerwartete Tod ihres Mannes bewirkte anfangs eine große Mattigkeit in der jungen Witwe. Sie verkaufte zunächst einiges an andere Händler. Der Erlös aus diesen Verkäufen nebst einiger Ersparnisse brachte ein kleines Kapital, das sie zinsgünstig anzulegen wusste. Doch dann besann sie sich. Sie sagte sich, dass sie das Erbe ihres geliebten Mannes, seine Hinterlassenschaft, seine Antiquitätensammlung, die für ihn das Leben bedeutet hatten, nach besten Kräften und Vermögen weiterführen müsse. Das, so erkannte sie mit einem Male, war sie ihm schuldig! Er hätte es so und nicht anders gewollt oder erwartet. Mit ihrer Willenskraft schaffte sie es, sich aus ihrer Antriebslosigkeit und dem Verdruss zu lösen und mit neuer Energie und Einsatz die Geschäfte wieder ganz aufzunehmen. Es widersprach einfach ihrer Natur und der grundsätzlichen Einstellung zum Leben, sich in der Einsiedelei zu verkapseln, Trübsal zu blasen und in Selbstmitleid zu versinken.

Ihre Antriebs- und Schaffenskraft schöpfte Frau Weberknecht größtenteils aus ihrer nun alleinigen Verantwortung für den damals dreijährigen Sohn. Ihre ganze ungeteilte Liebe und Fürsorge galt fortan ihm, Clemens. Schon die frühen Kindsjahre waren geprägt gewesen von zahlreichen Krankheiten des Kleinen. Der labile Gesundheitszustand des schmächtigen Jungen mit den blassblauen Augen, unter denen fast immer dunkle Schatten standen, und dem wächsernen Gesicht bewirkte, dass er sich ständig alle möglichen Krankheitserreger einhandelte und von Infektionskrankheiten geplagt war. Nicht selten sah die Kundschaft ihn mit Ausschlägen und Pusteln befallen im Schoße der fürsorglichen Mutter und erntete mitleidige Blicke. Ob Ringelröteln, Mumps, Keuchhusten oder Drüsenfieber, die Mutter führte einen regelrechten Kampf gegen die Krankheiten, die hintereinander aufmarschierten, um ihr armes Kind zu quälen.

Dass die tüchtige, rechtschaffene Witwe ein großes Herz und Pflichtgefühl für Nächstenliebe an den Tag legte, sollte sich einige Jahre nach dem Tod ihres Mannes bestätigen.

Diesmal traf es nicht die eigene Familie, sondern die langjährige Freundin, die sie aus der Schulzeit kannte und mit der sie seither eine tiefe Zuneigung verband. Auch diese Frau schien nicht unmittelbar auf der Sonnenseite des Lebens geboren worden zu sein. Kaum schwanger, war sie von ihrem Lebensgefährten, einem dem Glücksspiel verfallenen Hallodri, sitzen gelassen worden. Einem, wenngleich gut aussehend, windigen Hund, der sich im Nachhinein vor allem hinsichtlich zwischenmenschlicher Beziehungen als Tunichtgut und Taugenichts offenbart hatte. Statt sich der Verantwortung der Vaterschaft zu stellen, hatte dieser es vorgezogen, sich in südlichere Gefilde zurückzuziehen. Die untröstliche Frau brachte daraufhin ihr Kind, ein Mädchen, allein zur Welt. Mehr schlecht als recht schlug sie sich fortan allein durchs Leben, betrieb im Ort eine kleine Schneiderei, die jedoch wenig ertragreich war. Von früh bis spät sah man die Arme an ihrer Nähmaschine, selbst dann noch, wenn sich ihre Augen vor Übermüdung röteten und tränten. Kaum fand sie Zeit, sich um die kleine Tochter zu kümmern, die in der stickigen Nähstube auf dem staubigen Boden herumkrabbelte, sich selbst überlassen. Frau Weberknecht, Patin der Kleinen, versuchte ihre Freundin zu unterstützen, so gut sie konnte. Sie griff ihr finanziell unter die Arme, um ihre Lebensumstände wenigstens etwas zu verbessern.

Dann bahnte sich das nächste Unglück an. Es begann zunächst schleichend, mit Müdigkeit und Abgeschlagenheit.

„Du arbeitest zu viel. Ein paar Tage ausspannen täte dir und der Kleinen ganz gut", riet Frau Weberknecht der Freundin.

„Du hast gut reden", entgegnete diese verzagt, „ich muss jeden Auftrag annehmen, der sich bietet. Du weißt doch, dass es zwischendurch immer wieder diese Phasen gibt, in denen das Geschäft nicht gut läuft, das bereitet mir sowieso schon schlaflose Nächte. Wie stünde ich erst da, wenn du mir nicht ständig aushelfen würdest! Sei es, dass du dich um die Kleine kümmerst oder die eine oder andere Rechnung übernimmst. Dabei hast du selbst genug zu schaffen mit dem Geschäft und Clemens. Gönnst du dir etwa eine Verschnaufpause? – Nein, also lass es gut sein!"

Zu der andauernden Leistungsschwäche kamen Fieberschübe und Gewichtsverlust, bedingt durch die anhaltende Appetitlosigkeit. Nach hartnäckigem Zureden Frau Weberknechts suchte die Schneiderin schließlich einen Arzt auf, der geschwollene Lymphdrüsen am Hals, im Nacken und in der Leiste diagnostizierte. Die Angst vor einer schlimmen Krankheit schnürte der armen Frau die Kehle zu. Doch das Resultat ließ nicht lange auf sich warten – sie litt an Lymphdrüsenkrebs.

Ein knappes halbes Jahr später hatte Frau Weberknecht einen weiteren Todesfall zu beklagen. Nachdem der Krebs die Milz und das Knochenmark befallen hatte, hatte die bedauernswerte Frau nicht mehr lange überlebt und Frau Weberknecht fand sich erneut auf dem Friedhof wieder, auf dem nur wenige Jahre zuvor ihr Mann begraben worden war. Mit tränenverschleierten Augen auf das blumenbedeckte Grab ihrer lieben Freundin blickend, spürte sie die kleine kühle Hand in der ihren.

Die Augen, die zu ihr aufschauten, sind grün und durchdringend. Die rote Lockenpracht fällt dem kleinen Mädchen ungebändigt über den Rücken. Lydia ist nun elternlos.

Doch Frau Weberknecht wird gut für sie sorgen, sie großziehen, als sei sie ihr eigen Fleisch und Blut. So hat sie es ihrer Freundin versprochen und nichts wird sie davon abbringen.

Wenn im Sommer zur Mittagszeit die rötlichen Sonnenstrahlen die Taubergasse durchfluteten, konnte man hinter dem Schaufenster mit der verschnörkelten Aufschrift „*Weberknechts Antiquitäten-Schatztruhe*" das blasse, ernste Profil einer jungen Frau erkennen. An die hohe Stirn hängt sich eine schmale zugespitzte Nase, die Lippen sind voll und muten fast wollüstig an. Das kurze kräftige Kinn schiebt sich trotzig und eigensinnig nach vorne und verläuft in einer weichen, sich schmiegenden Linie zum Hals, dessen Haut fast transparent wirkt. Wegen der großen Helligkeit im Freien kann man vom Körper der jungen Frau nicht viel erkennen, nur das lockige Haar, das ihr ungezähmt über den Rücken fällt und je nach Lichteinfall wie glühende Kohlen leuchtet.

Das Geschäft, in dessen Mitte sich der Ladentisch befindet, ist breiter als tief und voll von Möbelstücken, Schaukästen, Kommoden und Standuhren. Das Ticken der Pendeluhren vermittelt Ruhe und Gemütlichkeit. Frau Weberknecht bewegt sich mit emsiger Geschäftigkeit durch ihr kleines Reich, während die junge Frau still und unbeweglich hinter dem Ladentisch verharrt.

Am Ende des Ladens führt eine Treppe in die Wohnung im ersten Stock, die aus einem Wohn-/Esszimmer mit gemütlichem Kachelofen und zwei Schlafzimmern besteht. Eines davon ist mit zwei Türen ausgestattet, die jeweils zum Flur führen.

Im hinteren Teil des Geschäftes in einer Ecke, die selbst zur Mittagszeit kaum sonnendurchflutet wird, sitzt ein etwa dreißigjähriger Mann an einem Schreibtisch und ist mit Additionen beschäftigt, deren Zahlen er geduldig, wenn auch mühselig mit kurzsichtigen Augen entziffert. Es ist Clemens, der sich um die anfallenden kaufmännischen Arbeiten kümmert. Die vielen überstandenen Krankheiten in seiner Kindheit haben ein ständiges Zittern und Frösteln in seinem Körper zurückgelassen. In seinem Wachstum aufgehalten, ist er klein und schwächlich geblieben. Seine schmächtigen Gliedmaßen machen nur langsame Bewegungen. Um dieser Schwäche willen liebt seine Mutter ihn nur umso mehr. Mit triumphierender Zärtlichkeit betrachtet sie das wächserne Gesicht mit den blassblauen Augen, das eingerahmt wird durch rötlich blondes, schütteres Haar. Wie mit dem Lineal gezogen wirkt der akkurate Seitenscheitel. Alles an dem jungen Mann riecht nach Krankheit.

Während der seltenen Ruhepausen, in denen der Junge nicht krank war, hatte er eine Schule im nahegelegenen Coburg besucht. Seine Fähigkeiten beschränkten sich auf sehr oberflächliche Kenntnisse in Grammatik, Rechtschreibung und Mathematik. Auch sein Talent für kaufmännisches Rechnen und Buchführung auf der weiterführenden Handelsschule hielt sich in Grenzen. Seine beschränkte Auffassungsgabe schob die Mutter auf die häufigen Krankheiten, die zu großem Unterrichtsversäumnis geführt hatten, womit sie durchaus nicht unrecht haben mochte. Wenn jemand ihr dazu geraten hätte, ihren Sohn versuchsweise auf eine höhere Schule zu schicken, sie hätte sich geweigert, diese Option auch nur im Entferntesten in Betracht zu ziehen. Der Schulstress würde ihn anfällig für neue Krankheiten machen, davon war sie überzeugt. Clemens blieb also auf seinem niedrigen schulischen Niveau, und seine relative Unwissenheit und eine gewisse Weltfremdheit waren wie eine weitere Schwäche in seinem schwachen Wesen.

So verdankte er es auch mehr dem Glück als seinem Verstand, dass er dank Beziehungen seiner Mutter zur Stadtverwaltung nach seinem Schulabschluss dort eine Stelle erhielt. Auch wenn das Gehalt ihn zu keinerlei Höhensprüngen befähigte, so hatte der junge Mann doch wenigstens einen relativ sicheren Job und mit diesem eine gewisse Unabhängigkeit, nicht nur in finanzieller Hinsicht, sondern in gewisser Weise auch auf zwischenmenschlicher Ebene. Denn die Abwesenheit seiner überaus fürsorglichen Mutter bewirkte ein Stück Loslösung aus ihrer Umklammerung und dem unerschütterlichen Beschützerinstinkt.

Doch weder die geregelte Arbeitszeit, der Kontakt zu Kollegen noch die neu gewonnene Selbstständigkeit konnten verhindern, dass schon nach kurzer Zeit Langeweile und Verdruss aufkamen. Wenn er nachmittags müde, mit leerem Kopf nach Hause kam, fand er im Geschäft seiner Mutter in einer Art dumpfer Abgespanntheit unendlichen Genuss. Nur hier fühlte der junge Mann sich wirklich wohl aufgehoben. Jahrelange Verzärtelung und Hingabe seiner Mutter hatten eine wilde Ichsucht in ihm großgezogen. Wenn er auch glaubte, die zu lieben, die ihn bedauerten oder verhätschelten, so lebte er in Wirklichkeit abgesondert tief in sich selbst. Ein Introvertierter, der sich gerne auf sein Wohlbefinden konzentrierte und mit allen Mitteln danach trachtete, seinen Lebensgenuss zu erhöhen.

Und wenn ihm die bekümmerte Fürsorglichkeit seiner Mutter lästig wurde, verließ er einfach fluchtartig das Geschäft, um an den grünen Auen der Itz ein lauschiges Plätzchen zu suchen, um Ruhe und Entspannung zu finden.

Seit dem Tod ihrer Freundin hatte Frau Weberknecht die damals dreijährige Lydia zu sich genommen und wie eine leibliche Tochter großgezogen. Das Mädchen wuchs gemeinsam mit dem drei Jahre älteren Clemens unter dem warmen Deckmantel der Fürsorglichkeit ihrer Ziehmutter heran. Im Gegensatz zu ihm strotzte sie geradezu vor Gesundheit, wurde aber trotzdem gepflegt wie ein kränkelndes Kind. Darüber hinaus teilten beide Kinder ein Schlafzimmer, in dem die Luft stets nach Krankheit roch. Das so auferlegte Krankendasein bewirkte, dass sich das Mädchen mehr und mehr in sich zurückzog und in einer eigenen, von äußeren Einflüssen weitgehend abgeschirmten Schattenwelt existierte.

Zu ihrer Gewohnheit zählte es, leise zu sprechen, lautlos zu gehen und reglos mit leerem Blick auf einem Stuhl zu sitzen. Trotzdem zeugten ihre Bewegungen von fast katzenartiger Geschmeidigkeit. Kraft und Leidenschaft schienen in ihrem wie betäubten Körper zu schlummern.

Das eingeschlossene Dasein, das sie führte, die Krankheiten, die sie häufig umgaben, vermochten ihren widerstandsfähigen Körper nicht zu schwächen. Oft stand sie am Fenster, blickte versonnen auf die gegenüberliegende Häuserzeile mit den hübschen Balkonen, von denen Petunien in leuchtenden Farbtönen herabrankten, während die goldenen Sonnenstrahlen ihr blasses Gesicht überzogen. Wenngleich sie mit gleichmütiger Miene das Zusammenleben mit dem kränklichen Knaben ertrug, lebte sie innerlich bisweilen ein glühendes, hingerissenes Dasein. So gab sie sich tollkühnen Träumereien hin. Manchmal war es ihr, als wäre ihr Körper in ein zu enges Korsett gepresst, welches ihr die Luft zum Atmen abschnürte. Dann sehnte sie sich nach der frischen Auenlandschaft an der Itz, wo sie sich mit Clemens häufig aufhielt. Stunden brachten sie manchmal dort zu. Im saftigen Grün auf dem Rücken liegend, schauten sie den vorbeiziehenden harmlosen Wolken nach, gedankenlos, zufrieden, während sich ihre Nägel in die feuchte duftende Erde bohrten.

Im Hintergrund der sanft dahintreibende Fluss; stark hat die Itz sich ins Gestein eingetieft. Mit leisem Schaudern betrachtete Lydia oft das kühle Nass, wobei sie sich einbildete, das Wasser würde ihr bis zum Hals steigen und sich dann über sie stürzen. Unwillkürlich spannten sich dann ihre Muskeln, bereit zur Verteidigung, und sie fragte sich, wie sie es anstellen sollte, die Fluten, die doch nur eine Frucht ihrer Einbildung waren, zu besiegen.

Auch die schulischen Ambitionen Lydias beschränkten sich von Anfang an auf ein Minimum. Sie „drückte" einfach die Schulbank, blickte versonnen und verträumt aus dem Fenster und schien doch nur auf das Klingeln der Schulglocke zu warten, die das Ende der Unterrichtsstunde verkündete. Dabei war sie keinesfalls dumm, einfach nur teilnahmslos, desinteressiert und eine hoffnungslose Tagträumerin.

Und so keimte in Frau Weberknecht, die ratlos mit ansah, wie sich ihre Ziehtochter lustlos vom einen ins andere Schuljahr schleppte, der Gedanke, sie nach Abschluss dieser wenig rühmlichen Schulkarriere in ihr Geschäft zu nehmen, wo sie das Mädchen einarbeiten würde. Schließlich würde auch sie nicht jünger, und es war auf Dauer empfehlenswert, sich einen Nachfolger heranzuziehen. Außerdem würde sie das Geschäft nicht mehr schließen müssen, wenn sie die Bamberger Antiquitätenmesse besuchte oder anderweitig unterwegs war. Auch das Problem der Arbeitsbeschaffung für das Mädchen würde sich von vornherein vermeiden lassen.

Über kurz oder lang würde auch ihr Sohn sich von seinem Job bei der Stadtverwaltung verabschieden, um – so hoffte sie jedenfalls – im Geschäft mit anzupacken. Und was konnte der alten Dame Besseres widerfahren, als dass das Juwel ihres verstorbenen Mannes in Familienhand blieb?

Mit heiterer Güte blickte sie auf die beiden jungen Leute und liebäugelte insgeheim mit dem Gedanken, sie nicht nur zu Geschäftspartnern, sondern praktischerweise auch zu Ehepartnern zu machen. Hatte sie ihren Sohn immer wie ein rohes Ei behandelt, wurde es ihr nun mulmig bei der Vorstellung, sie könne eines Tages aus dieser Welt gehen und ihn allein und womöglich krank oder leidend zurücklassen. Und da verließ sie sich auf

Lydia und sagte sich, dass dieses junge Mädchen eine wachsame Fürsorgerin für Clemens sein würde. Es flößte ihr mit seiner ruhigen Art und der stummen Ergebenheit grenzenloses Vertrauen ein. Gleich einem Schutzengel würde sie über ihren Sohn wachen. Eine Heirat der beiden stellte sich ihr demnach als eine sicher vorauszuberechnende Lösung dar.

Und so begann Frau Weberknecht auch über „ihre Heiratsabsichten" ganz selbstverständlich und fast beiläufig zu plaudern. Die jungen Leute wuchsen in diesem Gedanken heran, der ihnen mit der Zeit vertraut und natürlich wurde. Man sprach von dieser Verbindung wie von einer konsequenten schicksalhaften Fügung. Sogar über den Zeitpunkt der Eheschließung hatte die resolute Dame schon nachgedacht. Altmodisch, wie sie war, wollte sie den einundzwanzigsten Geburtstag der jungen Frau abwarten.

Clemens, dessen Blut durch Krankheit geschwächt war, kannte von den heißen Begierden der Jugend nichts. Lydia gegenüber war er immer der kleine blässliche Junge gewesen; sie wurde von ihm auf die gleiche Art geherzt und geküsst, wie er auch seine Mutter küsste. Aus Macht der Gewohnheit, ohne etwas von seinem selbstsüchtigen Gleichmut zu verlieren. Er sah in der jungen Frau eher eine gefällige Kameradin, die ihn vor Langeweile bewahrte, ihm Tee kochte oder vorlas. Wenn sie auf den Auenwiesen herumalberten und einander neckten, durchfuhr kein Schauer seinen Körper, geriet sein Blut nicht in Wallung. Und es wäre ihm bei diesen Gelegenheiten auch niemals der Gedanke gekommen, seinen Mund auf ihre heißen Lippen zu drücken, wenn Lydia mit nervösem Lachen versuchte, sich ihm zu entziehen.

Auch sie blieb ihm gegenüber kühl und gleichgültig. Ab und an verweilten ihre katzenartigen grünen Augen mit der Festigkeit einer unbeirrbaren Gemütsruhe auf seinem selbstgefälligen teigigen Gesicht, und ihre Lippen zuckten kaum merklich. Nicht die leiseste Regung war in ihrem verschlossenen Gesicht zu lesen. Wurde das Thema „Heirat" erwähnt, beschränkte sie sich auf eine leichte Kopfbewegung, womit sie ihre generelle Zustimmung bekunden mochte.

Zum Zeitpunkt ihres Schulabschlusses hatte die vorausplanende Frau Weberknecht ihre Ziehtochter schon längst unter ihre Fittiche genommen und sie mit den anfallenden Aufgaben im Geschäft vertraut gemacht. Ihrem Wesen entsprechend legte das Mädchen auch hier nicht allzu viel Elan und Schaffenskraft an den Tag und zeigte nur bedingtes Interesse im Umgang mit Antiquitäten. Frau Weberknecht schob den Mangel an Begeisterung auf die Frische ihrer Jugend und war überzeugt, dass mit der Zeit eine gewisse Leidenschaft für die antiquarischen Schätzchen schon noch aufkommen würde. Um ihr eine gewisse Anteilnahme zu entlocken, nahm sie Lydia zu Auktionen mit, wo die Antiquitäten mitunter stattliche Verkaufspreise erzielten. Auch die alljährlichen Messen besuchten sie gemeinsam, um die junge Frau mit dem Genre vertraut zu machen.

Mit Vollendung des einundzwanzigsten Lebensjahres rückte der Tag für die Heirat heran. Das Aufgebot dafür wurde bestellt und man beschloss, sich im Bürglassschlösschen zu Coburg standesamtlich trauen zu lassen. Ein Schloss mit großer Geschichte, existierte es doch schon 1521 als Vorgängerbau, musste den Dreißigjährigen Krieg überstehen und zwischenzeitlich noch ein Feuer, bei dem das Gebäude beinahe abgefackelt worden wäre. Die Spuren der Vergangenheit waren zum gegenwärtigen Zeitpunkt natürlich nicht mehr sichtbar.

Frau Weberknechts Herz hüpft vor Freude und atemloser Ungeduld, wenn sie vor ihrem geistigen Auge die lieben Kinder in das klassizistische Gebäude schreiten sieht; in den Vorraum des Treppenhauses mit dem säulengetragenen Rondell, eine ebenso gelungene architektonische Lösung wie der ehemalige Empfangssaal im ersten Stock, der nunmehr als Trausaal vom Standesamt genutzt wird. Die Wandvertäfelung gibtdazu einen stimmungsvollen Rahmen für das Ereignis der Eheschließung. Nichtsdestotrotz soll die Heirat ohne Glanz und Gloria vonstattengehen. Weder Clemens noch Lydia verfügen über einen großen Freundeskreis.

Am Abend nach der Trauung nahm Frau Weberknecht die frischgebackene Schwiegertochter beiseite und erzählte ihr wehmütig von ihrer armen Mutter, der lieben geschätzten Freundin, die das Schicksal zu früh aus der Welt gerissen hatte und der sie versprochen hatte, ihrer Tochter das Beste für die Zukunft mitzugeben – Clemens.

Hätte sie diesem Gelöbnis noch besser Folge leisten können?

Sie erwähnte den Taugenichts von Vater, den haltlosen Garnichts, der nichts als Schande über die Familie gebracht hatte, indem er sich feige und verantwortungslos ins Ausland abgesetzt hatte.

Die junge Frau hörte ihrer Schwiegermutter schweigend zu, dann umarmte sie sie, wünschte ihr eine gute Nacht und schritt langsam die Treppe hinauf zum Schlafzimmer.

Als die Jungvermählten am darauf folgenden Morgen gemeinsam herunterkommen, hat Clemens nichts von seiner kränkelnden Schlaffheit und Egoistenruhe verloren. Lydia erscheint mit sanftestem Gleichmut und beherrschtem, in seiner Stille erschreckenden Gesicht.

Jeden Morgen um sieben machte Clemens sich auf den Weg nach Coburg, wo er als Beamter in der Stadtverwaltung seinen Dienst tat. Da er kein eigenes Auto besaß, fuhr er mit der Bahn, keine schlechte Alternative. So brauchte er sich wenigstens nicht schon zu früher Stunde auf den Verkehr zu konzentrieren. Stattdessen genoss er es, mit stumpfsinnigem Gesicht versonnen aus dem Fenster des Zugabteils auf die vorbeiziehende Landschaft zu blicken, die durchaus seine Reize hatte.

Wenn er am Nachmittag das Verwaltungsgebäude verließ, den Kopf erfüllt vom üblichen Klatsch und Tratsch aus dem Büro, unternahm er gern einen Spaziergang ein Stück entlang der Itz. Die Hände in den Taschen, schlenderte er gedankenverloren und verträumt auf das Wasser schauend dahin, ohne an irgendetwas zu denken. Manchmal fühlte er sich vom Dahinfließen des Wassers nahezu magisch angezogen. Dann würde er sich am liebsten in die Fluten stürzen. Gerade rechtzeitig fällt ihm dann wieder ein, dass er nicht wirklich schwimmen kann und eine solche Tollheit böse für ihn enden könnte.

Weiter abwärts hinter Coburg, am fruchtbaren unteren Itzgrund, so weiß er, überschwemmt der Fluss bei Hochwasser immer wieder sein Tal. Im letzten Sommer hatte er an den Wochenenden häufig Ausflüge nach Breitengüßbach zusammen mit seiner Mutter und Lydia unternommen. Dort hatten sich die drei viel am Fluss aufgehalten, Picknick gemacht und gern die Stelle aufgesucht, wo die Itz in den Main mündet, zwischen Breitengüßbach und Baunach.

Sobald Clemens nach Hause kam, aß er und begann danach zu lesen. Er hatte sich einige Werke von Thomas Mann besorgt und versuchte sich am poetischen Realismus Theodor Fontanes. Allabendlich stellte er sich zwanzig Seiten zur Aufgabe, versuchte der Langeweile zu trotzen, die ihm dieser Lesestoff bereitete. Er zwang sich mit für ihn ungewöhnlicher Disziplin, das Lesen beizubehalten, denn auf diese Weise, so glaubte er, konnte er an seiner Weiterbildung arbeiten. Bisweilen kam es sogar vor, dass er seine Frau darum bat, bestimmte Passagen mit anzuhören. Es wunderte ihn, dass Lydia den Abend ohne Lektüre verbringen konnte und nie das Bedürfnis verspürte, ein Buch in die Hand zu nehmen. Er kam zu dem Schluss, dass sie geistig ein wenig minderbemittelt sein musste und sich deshalb nicht mit derart anspruchsvollen Schriften beschäftigte. Ihr schien es mehr zu behagen, mit traumverlorenen Gedanken müßig und tatenlos dazusitzen. Lydia wies hartnäckig alle Bücher ungeduldig zurück. Ihre fügsame Stimmung behielt sie bei und konzentrierte sich darauf, aus ihrem Wesen ein Werkzeug höchster Selbstentäußerung zu machen. Im Geschäft machte sie sich leidlich nützlich. Die Kunden bediente sie stets mit denselben Worten und sanftem nachsichtlichem Lächeln, das mechanisch auf ihre Lippen kam. Sie führte die Interessenten zu den einzelnen Ausstellungsstücken, wobei sie, vorangehend, sanft die Hüften schaukeln ließ und ständig eine Strähne ihres roten Haares zwischen den langen weißen Fingern zwirbelte.

Frau Weberknecht zeigte sich zuvorkommender, ausnahmslos gesprächig und war stets zu Rat und Tat bereit. Auf diese Weise hielt sie ihre Stammkundschaft bei der Stange. Doch Lydia war es, als lebte sie in dumpfer erdrückender Stille. Sie sah ihr Leben vor sich ausgebreitet, kahl und nüchtern, ein Leben, das ihr jeden

Abend das gleiche kalte Bett und jeden Morgen den gleichen leeren Tag bescherte. Daran mochte selbst die hübsche Lage des Antiquitätengeschäftes in der Taubergasse nichts ändern. Genauso wenig wie die Menschen, die hindurchschlenderten, mit ihren neugierigen Blicken, und von denen so mancher einen Abstecher in die „Schatztruhe" Frau Weberknechts unternahm.

Allwöchentlich, am Freitag, lud Frau Weberknecht Gäste zu sich ein. Im Esszimmer auf der ersten Etage pflegte sie zu diesem Anlass jede Menge Tee und Kaffee aufzusetzen. Der Freitagabend war in die Gewohnheiten der Familie geglitten wie eine bürgerliche Orgie von ausgelassener Fröhlichkeit. Bis weit nach Mitternacht pflegte man sich an den großen ovalen Tisch zu setzen. Sobald die letzten Neuigkeiten ausgetauscht waren, wurden die Karten zum Binokelspiel verteilt.

Mit von der Partie war zum einen August Diefenbach, ein pensionierter Polizeihauptkommissar, mit dem Frau Weberknecht eine langjährige Freundschaft verband. Der ehemalige Kommissar war froh, diese freundschaftliche Beziehung durch das allwöchentliche Treffen pflegen und aufrechterhalten zu können. Er genoss die kleine Abwechslung im Alltag, war er doch selbst seit Langem Witwer. Begleitet wurde er von seinem Sohn Eric, einem diplomierten Volkswirt, der mit seinem dicklichen, selbstzufriedenen, blutleeren Bürokratengesicht, aus dem kleine, immer übermüdet wirkende Augen hinter dicken Brillengläsern blickten, nicht gerade zu den optisch begehrenswertesten Männern zählte. Und doch war Eric verheiratet; mit Viola, einer farblosen, kleinen, grauen Maus, die sich den freitäglichen Zusammenkünften ebenfalls anschloss. Lydia hielt Eric für einen steifen, narzisstisch selbstgefälligen Kerl, der sich einbildete, der Gesellschaft allen Ernstes noch etwas Gutes zu tun, wenn er in Begleitung seiner biederen Frau seine Aufwartung machte. Clemens hatte einen weiteren Kartenspieler in die Runde gebracht, einen Verwaltungsbeamten seiner Dienststelle, der kurz vor seiner Pensionierung stand. Anton Kronberg war Büroleiter, dem auch die Zuweisung der Arbeiten oblag, die in Clemens' Büro zu erledigen waren. Fast ehrfürchtig blickte dieser zu ihm auf und sonnte sich bereits in der Hoffnung, den pensionierten Kronberg eines nicht mehr fernen Tages ersetzen zu können, wenn der seine Beziehungen spielen lassen würde. Auch Kronberg war sehr angetan von Frau Weberknechts Gastfreundschaft und Spielerlaune und war jeden Freitag pünktlich zur Stelle.

Waren die Spieler vollzählig, begab man sich sogleich ohne große Umschweife ins Esszimmer. Ein jeder nahm seinen Stammplatz am Tisch ein und die Karten wurden ausgeteilt. Waren die Partnerschaften ausgelost, wurde gespielt, was das Zeug hielt. Nach jeder Partie folgte der obligatorische Disput, und die Partei mit der geringeren Punktzahl hatte an die gewinnende Partei einen der Punktedifferenz entsprechenden Betrag zu leisten. Die Spieler waren ernsthaft bei der Sache. Nicht so Lydia. Sie spielte mit einer Gleichgültigkeit, die ihren Mann reizbar machte. Auf ihrem Schoß thronte stets Frau Weberknechts großer getigerter Kater, dessen bernsteinfarbene Augen groß und leuchtend das Spiel zu verfolgen schienen.

Die junge Frau schienen diese Spielabende nichts als zu langweilen. Manchmal täuschte sie Migräne vor, nur um nicht mitspielen zu müssen. Dann saß sie mit eingefallenen Schultern da, die Wange auf den Handballen gestützt. So dasitzend, studierte sie die Gesichter der Spielenden mit dumpfem Widerwillen und starrem Blick. Mit leiser Abscheu registrierten ihre Augen das bleifarbene Gesicht Diefenbachs, das sich immer dann mit roten Flecken überzog, wenn bei ihm Aufregung und Anspannung aufkamen. Kronberg erinnerte sie mit seinen zusammengekniffenen Äuglein und den dünnen blutleeren Lippen an einen blinden Maulwurf. Ganz zu schweigen von Eric, der auf seinem dicklichen Körper einen ihrem Erachten nach nichtssagenden Kopf mit provokant selbstzufriedenem Gesicht zur Schau trug. Und dann Viola – die mit ihrem blassen Spitzmausgesicht in ihrer Zartheit an ein scheues Reh erinnerte. Für keinen der Anwesenden konnte Lydia ein aufrichtiges Interesse empfinden, ausgenommen Frau Weberknecht vielleicht. Wie brachte diese es nur fertig, derart illustre Geschöpfe einzuladen! Die Luft, die im Verlauf des Abends immer dicker und stickiger wurde – Kronberg und Diefenbach tauschten untereinander gern die eine oder andere Zigarre –, nahm ihr manchmal den Atem. Gerne folgte sie der seltenen Gelegenheit, ins Geschäft zu flüchten, falls einmal ein „später" Kunde klingelte, die Öffnungszeiten ignorierend. Mit geradezu katzenartiger Behändigkeit verließ sie dann den Raum, glücklich, ihm für einige Zeit entkommen zu können. Und anstatt mit ihrer gewohnten Trägheit wie üblich daherzukommen, zog sie nun alle Register, um den Interessenten möglichst lange im Laden zu halten. Ihrem Mann gefiel ihre Abwesenheit weniger. Es verstimmte ihn bei der Vorstellung, sie vergnüge sich dort unten eventuell mit einem männlichen Interessenten, und ein kleiner Stich der Eifersucht begann unter seiner Haut zu prickeln. Doch hatte sie ihm je einen Grund für seine Befürchtung gegeben?

An den Spieltisch zurückgekommen, setzte sie auch sogleich wieder ihr gequältes Gesicht auf und musste Clemens' leisen Tadel über sich ergehen lassen.

„Na endlich! Kronberg und Eric haben schon wieder ein Teufelsglück. Wo hast du nur so lange gesteckt, du legst doch sonst nicht so einen Eifer an den Tag!"

Wortlos verharrt sie auf ihrem Stuhl. Mit zusammengepressten Lippen blickt sie auf den alten Diefenbach, dessen Mund sich gerade zu einem widrigen Lächeln verzieht. Hastig fixieren ihre Augen die, die wieder auf ihren Schoß gesprungen ist und leise schnurrend ihre Krallen ein- und ausfährt.

„DARF ICH DIR EINEN ALTEN SCHULKAMERADEN VORSTELLEN, MUTTER?"

Dann geschah etwas, das den Alltag Lydias, bis dato weitgehend von Eintönigkeit geprägt, gehörig aufmischen sollte.

Als Clemens eines Freitags aus dem Büro nach Hause kommt, ist er ausnahmsweise nicht allein, sondern in Begleitung eines dunkelhaarigen gut gebauten Mannes, der zwischen dreißig und fünfunddreißig Jahre alt sein mag. Clemens schiebt ihn mit vertraulicher Gebärde ins Geschäft und wendet sich seiner Mutter zu.

„Darf ich dir einen alten Schulkameraden vorstellen, Mutter? – Das ist Armand, vielleicht erinnerst du dich noch an seinen Namen. Wir sind für einige Zeit in dieselbe Klasse gegangen, er hat dann noch das Abitur gemacht und ein Jurastudium begonnen ... und zu malen hat er angefangen ... Stimmt doch, Armand, oder? Und du bleibst zum Essen, wir haben uns doch viel zu erzählen!"

„Ja, sehr gerne", entgegnet der Mann spontan, wobei er eine Reihe weißer gepflegter Zähne zeigt.

Frau Weberknechts Gehirn arbeitet fieberhaft, um die bruchstückhaften Erinnerungen an die Schulzeit zurückzurufen. Und dann erinnert sie sich tatsächlich an den hübschen Jungen, der schon damals selbstsicher und ungeheuer gesund gewirkt hatte, wenn er dann und wann angeklingelt hatte, um Hausaufgaben vorbeizubringen, weil Clemens wieder einmal ans Bett gefesselt war. Und sofort überschüttet sie ihn mit mütterlichen Schmeicheleien und führt ihn in die Wohnstube, wo sie ihn auffordert, neben dem gemütlichen Kachelofen Platz zu nehmen. Mit ruhigem Blick schaut der junge Mann sich neugierig um, ein sanftes Lächeln umspielt seine vollen Lippen, die fast sinnlich anmuten. Er sieht aus wie ein englischer Dandy, durchfährt es Frau Weberknecht, deren Augen Clemens' Schulkameraden wie hypnotisiert fixieren.

„Stelle dir vor, Mutter, da arbeiten wir beide tatsächlich seit eineinhalb Jahren im selben Bürogebäude und erst heute kreuzen sich unsere Wege." Seine blassblauen Augen sind groß vor Erstaunen über diesen Zufall. Frau Weberknecht hantiert eifrig mit ihren Kochtöpfen und beeilt sich, Getränke und eine Brotmahlzeit auf den Tisch zu bringen, als befürchte sie, der Gast würde es sich vielleicht anders überlegen und sich wieder verabschieden.

Angelockt durch die lauten Stimmen hat auch Lydia nun die Wohnstube betreten und steht einen Augenblick unschlüssig mit dem Rücken gegen eine antike Kommode gelehnt da, bevor sie mit einem leisen Murmeln zu ihrer Schwiegermutter in die Küche eilt, um ihr zur Hand zu gehen. Durch die offene Tür schickt sie immer wieder verstohlene Blicke zu dem Fremden herüber. Mit unverhohlener Bewunderung betrachtet sie seine niedrige, von üppigem schwarzen Haar gerahmte Stirn, die vollen Lippen mit den leicht spöttisch nach oben gerichteten Mundwinkeln in dem regelmäßigen vollblutig-schönen Gesicht. Wenn er lächelt, formen sich sympathische Grübchen auf seinen Wangen. Ihr heimlicher Blick verweilt einen Augenblick auf seinem Hals und gleitet zu den gepflegten Händen, die stark und sehnig aussehen und ausgespreizt auf seinen Knien liegen. Sein Hemd spannt sich über einer gut entwickelten Muskulatur, und beim Anblick dieses männlichen Kraftkörpers durchfährt die junge Frau ein leiser Schauer.

Clemens indessen hat seine Lektüre geholt und breitet emsig Werke von Thomas Mann und Theodor Fontane auf dem Tisch aus, um seinem Kollegen zu zeigen, mit welch anspruchsvollem Lesestoff er sich befasse. Und als wäre er sich soeben erst der Anwesenheit seiner Frau bewusst geworden, verkündet er nicht ohne Stolz in der Stimme: „Mein lieber Armand, darf ich dir meine Frau vorstellen? Das ist Lydia. Wir sind praktisch zusammen aufgewachsen, weil ihre Mutter früh verstorben ist und der Taugenichts von Vater sich aus dem Staub gemacht hat. Was wäre nur aus ihr geworden, hätte meine liebe Mutter mit ihrem großen Herzen sie nicht aufgenommen und durchgefüttert. Und sieh an, wohin uns ihre Fürsorglichkeit gebracht hat! Zum heiligen Bund der Ehe." In theatralischer Geste breitet er seine Arme aus, geht auf seine Frau zu und umarmt sie stolz.

„Deine Mutter ist mir übrigens seit damals noch in guter Erinnerung geblieben", entgegnet Armand, während er unverwandt in Lydias Gesicht blickt. Was für ein Stoffel von Mann, durchfährt es ihn. Wie hält sie es nur mit ihm aus? Armands Blick ist durchdringend und verursacht arges Unbehagen in der jungen Frau. Sie lächelt gezwungen und schickt sich an, wieder in die Küche zu flüchten.

„Wie geht es deinem Vater?", erkundigt sich Clemens, bemüht, keine peinlichen Gesprächspausen aufkommen zu lassen. Mit einer großzügigen und einladenden Geste bittet er den anderen zu Tisch, wo bereits eine dampfende Suppe steht. Er gefällt sich plötzlich in seiner Rolle als Gastgeber.

„Kann ich dir gar nicht so genau sagen", entgegnet Armand, „wir haben uns neulich überworfen. Seitdem herrscht Funkstille. Mein Herr Vater ist ein rechter Sturkopf, musst du wissen, der will nur seine eigenen Ideen durchsetzen. Erst Abitur, dann Studium ... War alles auf seinem Mist gewachsen. Immer musste ich mir anhören, dass der Beruf des Juristen nützlich und lukrativ sei. Einen guten Rechtsanwalt bräuchte man doch immer bei den vielen Rechtsstreitigkeiten."

„Dann bist du jetzt also ein fertiger Jurist", stellt Clemens mit aufrichtiger Bewunderung fest.

„Na ja, so ein halber vielleicht", erwidert der Kollege charmant lächelnd. „Ich habe ihn ein wenig an der Nase herumführen müssen. Habe so getan, als ginge ich brav zu den Vorlesungen, was am Anfang auch der Fall war, aber nach zwei Jahren war ich es so dermaßen leid, dass ich den ganzen Kram geschmissen habe und zu einem befreundeten Maler gezogen bin. Meinem Herrn Vater habe ich davon natürlich nichts gesagt, damit er mich auch weiterhin finanziell unterstütze. Das Geld konnte ich ja gut gebrauchen. Und da habe ich, so will ich es ausdrücken, endlich zu mir selbst gefunden. Ich bin meiner inneren Stimme sozusagen gefolgt. Na, und die hat mir geflüstert, Mensch, das ist es, was du kannst, wozu du berufen bist ..."

Clemens starrt ihn aus großen Augen an, teils beeindruckt, teils fassungslos über Armands Geständnis.

„Dummerweise", fährt der andere fort, „kam Vater schließlich doch dahinter, dass seine Geldmittel nicht dem auserkorenen Studium für seinen Sohn zugutekamen, sondern für Ölpinsel, Leinwände und ein bisschen süßes Leben draufgingen. Er schraubte den Geldhahn natürlich sofort zu und verlangte, ich solle sofort nach Baunach zurückkommen und – ein Taugenichts, wie ich sei – ihm im Brauhaus zur Hand gehen."

„Und wie hast du reagiert?" Clemens kommt aus dem Staunen nicht mehr heraus.

„Na, was denkst du denn? Stünde ich sonst hier? Der soll doch sein Brauhaus allein machen, das ist nun mal nicht meine Baustelle und dort kriegt mich auch keiner hin.

Ich habe mich also in die Ölmalerei gestürzt, eifrig gelernt und gemalt und versucht, zu verkaufen. Das erwies sich jedoch als schwierig und zäh, und ich habe bald festgestellt, dass die Malerei eben auch zu den brotlosen Künsten zählt, von denen man nicht gerade ausschweifend leben kann. Na ja, und hier schließt sich der Kreis, jetzt weißt du, wie ich in eurem Verein gelandet bin … Ist mein zweites Standbein sozusagen. Dass ich schon ein paar Semester Jura hinter mir hatte, hat es mir etwas leichter gemacht, einen Job zu bekommen."

„Hat deine Mutter denn auch kein Verständnis für deine Vorliebe für das Malen gezeigt?", will Clemens wissen.

„Ach geh, hör mir auf mit Vivienne", entgegnet Armand und verzieht sein hübsches Gesicht. „Die hat sich doch schon vor Jahren davongemacht. Ist mit einem anderen nach Frankreich durchgebrannt und sonnt sich in der Provence, während Vater den Betrieb in Baunach alleine führt. Das ist es ja auch, was ihn zu so einem bärbeißigen Griesgram gemacht hat. Na ja, jedenfalls werde ich seine Hinterlassenschaften zu Geld machen und mich wieder in die Malerei stürzen, wenn er einmal das Zeitliche gesegnet hat. Ich stelle mich doch nicht in der Schankstube hinter den Tresen und bediene die verehrte Kundschaft! Und mein Leben lang am Schreibtisch dahinvegetieren ist auch nicht mein Ding. Ich warte eben auf mein Erbe, und dann lebe ich, wie es mir gefällt."

„WEISST DU, ICH GEBE DIR GERN EINE KOSTPROBE MEINES KÖNNENS UND MALE DICH"

Armand hatte mit ruhiger Stimme seine Geschichte erzählt, die mit klaren Worten das Bild seines ganzen Wesens wiedergab. Im Grunde seines Herzens gehörte er zur Gattung der arbeitsunwilligen Menschen, die sich lieber den Annehmlichkeiten des Lebens widmen und auch skrupellos genug sind, dafür die Großzügigkeit und das Vertrauen anderer auszunutzen. Er hatte monatelang damit leben können, dass sein Vater ihn in falschem Glauben unterstützte, er würde seinem Studium nachgehen. Mit seines Vaters Geld hatte er sich bedenkenlos eine Mansardenwohnung gemietet und sich dort an Aktzeichnungen versucht, für die ihm stets hübsche Versuchskaninchen zur Verfügung standen. Lieber ließ er sich von seinen fleischlichen und sinnlichen Gelüsten leiten, als langweilige Bücher zu wälzen und zu pauken. Das Jurastudium hatte ihn nie wirklich interessiert und er fand die Materie so öde wie die Vorstellung, hinter dem Tresen in seines Vaters Brauhaus zu versauern. Seine ganze Hoffnung beruhte auf der Kunst des Malens, einem angenehmen Handwerk mit leicht handzuhabendem Werkzeug, dem Pinsel. Der Erfolg schien ihm nah und mit wenig Aufwand zu erzielen. Seines Erachtens ging es nur darum, die richtigen Beziehungen in den Künstlerkreisen aufzubauen, um seine Bilder zu verkaufen und sich einen Namen zu machen. Schon träumte er von einem angenehmen Leben, sah sich umringt von schönen jungen Frauen, die sich darum rissen, für ihn Modell zu sitzen. Und in den Stunden, in denen er nicht malte, sollten auch die Gaumenfreuden nicht zu kurz kommen.

Armands Traum hatte exakt so lange gedauert, wie das Geld aus seines Vaters Tasche sprudelte. Doch das Versiegen dieser Quelle holte ihn unweigerlich und unsanft auf den Boden der Tatsachen zurück. Natürlich war er nicht gewillt, für den Ruhm der Malerei große Entbehrungen auf sich zu nehmen. Und im Unterbewusstsein stellte er fest, dass sein künstlerisches Talent, vielleicht nur doch mittelmäßig, kaum dazu ausreichen würde, seine Ansprüche und Bedürfnisse zu befriedigen. Seine ersten „Gehversuche" spiegelten sich in Bildern wider, die mit linkischen Pinselstrichen gemalt waren und jede Kritik herausforderten. Die große Verzweiflung überkam ihn nicht, als er sich, mit Ausbleiben des väterlichen Geldsegens, schließlich entschied, seine künstlerische Karriere vorübergehend auf Eis zu legen und sich eine einträglichere Beschäftigung zu suchen. Er wurde nur ein bisschen wehmütig, wenn er an die angenehmen Stunden zusammen mit seinen Malerfreunden zurückdachte, umringt von jungen Damen, die eifrig Modell gesessen hatten und deren Launen oft die Reichweite seines Portemonnaies übertroffen hatten. Diese Welt hatte einen faden Nachgeschmack in ihm zurückgelassen. Dabei fühlte er sich in seiner Eigenschaft als Sachbearbeiter gar nicht mal so schlecht. Die Arbeit war überschaubar, für jeden Tag bemessen und strengte ihn nicht übermäßig an, was seinem faulen Wesen entsprach, seine Anstrengungen auf ein Minimum zu begrenzen.

Während Armands Schilderung hatten Clemens' Augen wie gebannt an seinen Lippen gehangen. Er, dessen schwächlicher Körper den Blitz eines Gelüstes kaum kannte, versuchte fieberhaft, sich die Situationen im Atelier auszumalen, in denen sich die Frauen für seinen Freund entblättert und auf dem Diwan gerekelt hatten.

„Das muss schon ein seltsames Gefühl sein, wenn sich die Frauen vor einem ausziehen und ihren nackten Körper preisgeben, um gemalt zu werden", stellt er für sich selbst fest und blickt Armand mit kindlichem Lächeln an. „Mich würde das ganz schön verlegen machen. Ich käme mir fast ein bisschen dumm vor."

„Überhaupt nicht", erwidert der andere, wobei er aufmerksam seine Hände inspiziert, das Werkzeug seiner Kunst.

„Was haben wir damals Spaß gehabt! Aber ein zweites Standbein zu haben ist schon wichtig, wenn auch nur so lange, wie es dauert, sich einen Namen in der Branche gemacht zu haben."

Armand hebt langsam den Kopf und heftet seinen Blick auf Lydia, die soeben neben ihrem Mann Platz genommen hat. Sie sieht den Fremden mit glühender Starrheit an, die Lippen halb geöffnet. Es entsteht eine peinliche Stille, die dank Frau Weberknecht nicht lange währt. Mit zufriedenem Lächeln fordert sie höflich zuerst den Gast auf, er möge sich bedienen. Dieser kommt der Aufforderung nur zu gerne nach. Und als er sich nach dem reichhaltigen Essen schließlich satt und zufrieden mit der Serviette den Mund abtupft und sich entspannt zurücklehnt, wendet er sich mit einem plötzlichen Einfall an Clemens.

„Weißt du, ich gebe dir gern eine Kostprobe meines Könnens und male dich", schlägt er unvermittelt vor. Clemens' Gesichtszüge erhellen sich augenblicklich, er fühlt sich geschmeichelt.

„Nein, ich meine es ehrlich, wie wäre es, wenn ich dich künftig nach Dienstschluss, wenn es sich einrichten lässt, ab und zu nach Hause begleitete? Du könntest mir vielleicht die eine oder andere Stunde Modell sitzen, sofern du natürlich nicht ins Geschäft musst, versteht sich."

„Machen Sie sich mal darüber kein Kopfzerbrechen, das lässt sich schon einrichten", beeilt sich Frau Weberknecht zu bemerken, „unsere Lydia ist ja auch noch da."

„Fein, dann ist das also abgemacht", freut sich Clemens, dessen Wangen sich vor Freude mit einer fiebrigen Röte überziehen.

Armand war seit jenem Tag ein gern gesehener Gast im Hause Weberknecht und so war es nur eine Frage von kurzer Zeit, bis Frau Weberknecht ihn aufforderte, beim allwöchentlichen Spieleabend mit von der Partie zu sein. Die Regeln des Kartenspiels waren ihm zufälligerweise nicht unbekannt und so nahm er die Einladung gerne an.

Anton Kronberg, dem der neue Gast nicht unbekannt war, schließlich arbeitete man im selben Gebäude, hielt ihn für einen schlichtweg überbezahlten Faulpelz. Diese Meinung behielt er allerdings für sich.

Die Bekanntmachung des neuen Mitspielers in der Runde wurde von den anderen Gästen immerhin, wenn auch mit einer gewissen Zurückhaltung und Distanziertheit, toleriert. Doch Armand lieferte ihnen keinen Grund für irgendwelche Einwände. Er gab sich zuvorkommend und höflich, als sei sein einziges Ziel, im Kreis der Spieler akzeptiert zu werden und gut anzukommen. So war er bemüht, sie immer wieder mit lustigen Anekdoten zu unterhalten, die er zwischen den Partien mit breitem jovialem Lächeln zum Besten gab. Er erlangte auf diese Weise nicht nur das Wohlwollen Kronbergs, der ihn schließlich gar nicht mehr so unausstehlich fand, sondern den des weiblichen Geschlechts. Die Frauen hingen geradezu an seinen Lippen, wenn er erzählte.

Lydia zog es mit einem Mal nicht mehr ins Geschäft hinunter. Stattdessen spielte und plauderte sie und war dennoch bemüht, nicht allzu oft und nur unauffällig in Armands Richtung zu schauen. Die vollblütige Natur dieses Mannes, seine tiefe, melodische Stimme, sein Lachen, selbst der Geruch, der von ihm ausging, all das versetzte die junge Frau in eine eigenartige, ihr fremde Erregung und eine nervöse Bangigkeit.

Armand bewohnte zu jener Zeit eine Mansarde in einem Haus in der Jacquingasse im Ort, nachdem er das kostspielige Münchener Atelier wegen chronischer Geldknappheit hatte kündigen müssen und der Landeshauptstadt endgültig den Rücken gekehrt hatte. Seine pekuniäre Situation zwang ihn nicht nur dazu, sich ernsthaft um eine anständige Arbeit zu bemühen, sondern auch in Sachen Unterkunft einen Gang tiefer zu schalten. Dabei war das großzügig ausgebaute Dachgeschoss des Hauses in der Jacquingasse durchaus nicht übel und verfügte zudem über einen winzigen Balkon, was gerade bei jüngeren Bewohnern und Singles ganz im Zeichen urbaner Wohnkultur stand. Obwohl er mit seiner gegenwärtigen Lage im Grunde gar nicht so unzufrieden war, nahm er es seinem Vater nach wie vor übel und konnte ihm nicht verzeihen, dass er den Geldhahn zugedreht hatte. Das süße Leben in Künstlerkreisen auf Münchens teurem Pflaster hatte ein abruptes Ende genommen.

Das Antiquitätengeschäft in der Taubergasse bot dem jungen Mann eine reizvolle Alternative zu seinen häufigen Besuchen in lauten Schankstuben. Außerdem sparte er auf diese Weise teures Geld, da die gute Frau Weberknecht stets für sein leibliches Wohl sorgte. Die wiederum war äußerst erfreut und erleichtert darüber, dass ihr Sohn, der Introvertierte, endlich freundschaftliche Bande zu jemandem zu knüpfen schien, der ihn mit seiner Frische und Impulsivität vielleicht aus der Monotonie seiner Tagträume reißen könne.

Armand blieb häufig bis spät am Abend, satt, verdauend, locker plaudernd, mit dem wohligen Gefühl, dort ein neues Zuhause gefunden zu haben.

Eines Abends brachte er tatsächlich seine Staffelei und den Farbkasten mit. Tags darauf wollte er mit dem Bildnis Clemens' beginnen.

Er bestand allerdings darauf, sich im Schlafzimmer des jungen Paares ans Werk zu machen. Das Licht, so erklärte er, sei dort viel heller, was sich positiv auf das Porträt und seine Farbgebung auswirke, so seine Worte.

Armand braucht drei Sitzungen, um Clemens' Kopf auf die Leinwand zu projizieren. Sorgfältig, mit kleinen spärlichen Strichen zieht er die Reißkohle über die Leinwandfläche. Er hat gelernt, dass sie einen gleichmäßigen dunklen Abrieb hat und ideal für genaues ausdrucksstarkes Arbeiten ist, ein unverzichtbares Mittel für Porträtzeichner. Und es ist ihm wichtig, mit seinem künstlerischen Schaffen zu beeindrucken. Seine starre, trockene Zeichnung erinnert auf bizarre Weise an die von Meistern des primitiven Stils. Mit linkischer Genauigkeit zeichnet er Clemens' Gesicht ab und gibt ihm dabei einen verrunzelten Ausdruck.

Er hat Gesellschaft beim Malen. Wann immer es Frau Weberknecht einrichten kann, steckt sie ihren Kopf zur Tür herein, um einen raschen Blick auf die Frucht seines Schaffens zu werfen. Mit leiser Heiterkeit gleitet ihr Blick dann auf Lydia, die ihrerseits in andächtiger Verzückung auf einem Stuhl verharrt und auf die Hände des Künstlers schaut.

Bei der vierten Sitzung bringt Armand Farbe ins Spiel. Dafür drückt er viele bunte Kleckse auf seine Holzpalette und bedeckt dann die Leinwand mit kleinen Farbpunkten und dicht gedrängten Schrägstrichen. Gelegentlich dreht er sich zu der jungen Frau um, die jede Gelegenheit wahrnimmt, um sich aus dem Geschäft zu stehlen und heraufzukommen. Dann setzt er sein galantestes Lächeln auf und fragt sie, ob ihr das Porträt gefiele. Wie ein erschrecktes Reh blickt sie zu ihm auf und ein Guss von Blut stürzt in ihre bleichen Wangen, so als fülle man ein milchiges Weinglas mit einem Bordeaux.

Es war nicht die Frage, ob er sie erobern konnte, sondern ob er es wollte. Unverhofft hatte er praktisch ein neues Zuhause gefunden, eine Heimat des Herzens, die ihm immer fremd gewesen war und die er aus einer Laune heraus nicht schon jetzt gefährden wollte. Im Moment lief es eigentlich ganz rund für ihn. Trotzdem konnte er nicht aufhören zu grübeln, wenn er sich auf dem Weg in seine Mansardenwohnung befand. Sollte er ihr Avancen machen oder nicht? Er würde leichtes Spiel haben, dessen war er sich sicher. Was für ein armseliger Tropf dieser Clemens doch war, mit seiner Magerkeit und dem bleifarbenen, teigigen Gesicht. Der bloße Gedanke daran, wie er sich mit seinem plumpen Körper auf sie schob, konnte ihm die Haut im Nacken zusammenziehen. Was für eine Erregung würde er spüren, wenn Lydia ihn berührte, während er sich Clemens' selbstzufriedenes Gesicht vorstellte? Ging es hier um moralische Verderbtheit? Nein. Dieser beschränkte kleine Beamte hätte seiner Meinung nach lieber ein Einzelgänger bleiben sollen. Was verstand der schon vom weiblichen Geschlecht?

Doch unter seinen Händen, dessen war Armand sich sicher, würde der Rotschopf schon aus seinem Dornröschenschlaf erwachen. Man musste das Eisen schmieden, solange es heiß war!

Er berechnete mögliche Konsequenzen, die sich aus einer Affäre mit der jungen Hausherrin ergeben konnten. Die gemütlichen Plauderabende bei guter Bewirtung waren fast schon zur Gewohnheit und zu einer gefährlichen Verwöhnung für ihn geworden. Gesetzt den Fall, dass Clemens in seiner naiven Art trotzdem vom Seitensprung seiner Frau erfuhr, konnte er, Armand, ihm immer noch damit drohen, im Büro publik zu machen, dem Freund Hörner aufgesetzt zu haben. Das musste selbst einem so stumpfsinnigen Individuum wie Clemens peinlich sein. Auf diese Weise konnte er ihn dazu nötigen, die Angelegenheit unter den Teppich zu kehren und so zu tun, als sei nichts geschehen. Und Lydia würde ihn nichts kosten. Keine Eroberungsgeschenke, keine Einladungen, keine unbequemen Versprechungen, kein Garnichts! Sie würde einfach nur da sein, eine nette kleine Abwechslung, ein kurzer Rausch, ein Kick zwischendurch, ohne jegliche Verpflichtungen. Sie würde den Brand, die Wallung seines Blutes beschwichtigen, während Frau Weberknecht ihn wie eine Mutter verwöhnte, und Clemens konnte ihn durch dumme Gespräche erheitern und zerstreuen.

Und wenn er ganz ehrlich zu sich war, musste er eingestehen, dass es seinem Ego schon ein wenig schmeichelte, dass Clemens eine aufrichtige Bewunderung für ihn empfand, die er überall kundtat.

„MEIN LIEBER FREUND, DU HAST MIR JA EIN WAHRHAFTIG VORNEHMES AUSSEHEN VERSCHAFFT"

Armand ging seelenruhig im Hause Weberknechts ein und aus, der Stunde gewärtig. Er war jetzt entschlossen, bei der nächsten passenden Gelegenheit ohne Umschweife zu handeln. Die Initiative musste von ihm ausgehen, wollte er eine Änderung der Situation herbeiführen. Die junge Frau gab sich nach wie vor wortkarg und schüchtern. Doch wenn er sie ansprach, nahm die porzellanfarbene Haut ihrer Wangen eine lebhafte Tönung an, die ihr Gesicht noch hübscher machte und es mit einem Hauch von Gesundheit erhellte, und die grünen Augen fingen an zu funkeln. Sofort wurden ihre Bewegungen freier und ungezwungener.

Inzwischen hatte sich das Bildnis von Clemens seiner Vollendung genähert. Feierlich hatten sich die Weberknechts um die Staffelei versammelt, um die letzten Pinselstriche zu verfolgen. Clemens kam aus seiner Verzückung über das Porträt gar nicht mehr heraus. Er fand sich hervorragend getroffen, und nachdem er sein Gesicht ausreichend bewundert hatte, sagte er feierlich:

„Mein lieber Freund, du hast mir ja ein wahrhaftig vornehmes Aussehen verschafft, das habe ich bislang noch gar nicht an mir bemerkt."

Dabei hatte Armands fratzenhafte Zeichnung die Gesichtszüge verkrampft. Die erdigen Farben hatten die bleiernen Töne des Vorbildes betont. Mit der groben, ins Violett spielenden Schattierung glich das Gesicht auf der Leinwand dem eines Ertrunkenen. Doch Clemens war begeistert und auch Frau Weberknecht und Lydia priesen das gelungene Abbild. Und während sich der junge Hausherr nun beeilte, etwas Gutes zum Trinken zu organisieren, und Frau Weberknecht noch einmal ins Geschäft hinunterging, um nach dem Rechten zu sehen, sah sich Armand endlich allein mit seiner Herzdame und konnte seinen beabsichtigten Avancen Folge leisten.

Sie steht noch immer unbeweglich vor der Staffelei, abwartend, wie ihm scheint. Armand, normalerweise nicht zimperlich, zögert, wendet sich gedankenverloren seinen Pinseln zu, die er mit fahrigen Händen zur Reinigung ins Terpentin taucht. Halb abgewandt betrachtet er sie aus dem Augenwinkel, belauert sie wie ein Tier seine Beute. Er nimmt die zarten Schatten unter ihren Augen wahr, die bläulich schimmernden Adern an den Schläfen, den rosigen Durchschein der Nasenflügel und die alabasterfarbene Haut, die typisch für Rothaarige ist. Die Zeit drängt, Clemens würde nicht ewig wegbleiben. Eine Gelegenheit wie diese würde sich vielleicht so schnell nicht wieder ergeben. Und so dreht er sich abrupt zu ihr um, fasst sie an den schmalen Schultern, wobei ihr sofort das Blut in die Wangen stürzt. Mit ungestümer Bewegung beugt er sich zu ihr herab, zieht sie an seine breite Brust und drückt seine Lippen leidenschaftlich auf die ihren.

„ICH WEISS WOHL, DASS DU DIESEN AUGENBLICK SO SEHR HERBEIGESEHNT HAST WIE ICH"

Seine Stimme klingt heiser zwischen seinen hastigen Küssen, die kaum Zeit zum Atmen lassen. Er spürt, wie sie eine widerstrebende Bewegung macht, wie ihr Körper versucht ihn abzuwehren, sich gegen seinen Körper aufzulehnen. Doch der Versuch währt nur kurz. Plötzlich unterwirft sie sich, ihr Leib schmiegt sich an den seinen und Sekunden später gleiten sie auf den Boden.
    Sie verloren keine Zeit. Der Akt vollzieht sich in Windeseile, stumm, atemlos.

Sie hielten ihre Verbindung für notwendig und natürlich. Ihre Vertrautheit wuchs mit jedem heimlichen Zusammentreffen. Ihre Zusammenkünfte planten sie sorgsam mit vollkommener Schamlosigkeit. Schamlos vor allem, da sie im gemeinsamen Schlafzimmer des Ehepaares stattfanden. Dazu verschaffte Lydia Armand einen Schlüssel, mit welchem er durch den Seiteneingang des Hauses in den Flur gelangen konnte, der zur Treppe in den ersten Stock führte. Er hatte so die Möglichkeit, unbemerkt von ihr empfangen zu werden, ohne dafür den Laden passieren zu müssen.

Armand setzte von nun an alle Hebel in Bewegung, das Büro früher als Clemens zu verlassen, und da er im Gegensatz zu Clemens motorisiert war, holte er bei der Rückfahrt aus Coburg zusätzlich Zeit heraus, während der andere mit der Regionalbahn dahinbummelte und sich der schönen Landschaft erfreute.

Armand besaß die Unerschrockenheit eines Menschen mit kräftig athletischem Körperbau. Die ernste stille Art Lydias erweckte in ihm eine neue Leidenschaft. Wenn er sich wie ein Einbrecher mit vor Erregung zittrigen Knien die enge knarrende Holztreppe hinaufschlich, sorgsam bemüht, möglichst keinen Lärm zu verursachen, erwachte eine kochende Wollust in ihm. Er sah sie schon vor sich, wie sie ihn an der Türschwelle zur verabredeten Zeit erwartete, das üppige flammend rote Haar im Nacken zusammengeknotet, leicht bekleidet schon, mit einem zartgrünen Kaschmirschal um die alabasterfarbenen schmalen Schultern. Der Duft ihrer frisch gewaschenen unschuldigen Haut jagte heiße Wellen durch seine Brust.

Für die junge Frau war es wie eine Metamorphose. Wie jäh aus einem Schlaf erwacht, wandelte sie sich zu einer leidenschaftlichen Geliebten.

Sie gab sich ihm bereitwillig hin, mit windendem Leib und feuchten Lippen. Wie eine kleine Kurtisane im Paris des neunzehnten Jahrhunderts, stellte Armand für sich fest, und das wiederum gab der ganzen Sache eine noch pikantere Note. Ihr ungesättigter Körper stürzte sich hemmungslos in alle Lüste, so als wäre nach vielen vergeblichen Versuchen endlich ihr stählernes Korsett gesprengt worden.

„WENN DU WÜSSTEST, WAS ICH ALLES DURCHGEMACHT HABE"

Anfangs beschlichen Armand noch heimliche Befürchtungen und Zweifel, wenn er in seine Mansardenwohnung in der Jacquingasse zurückkehrte. Doch diese zerstreuten sich mit jedem ihrer Treffen ein bisschen mehr, und schon nach kurzer Zeit lebte er seine Leidenschaft mit hemmungsloser Gleichgültigkeit aus. War der Liebesakt vollzogen, lagen sie noch eine Weile mit von Schweiß überzogenen Körpern ineinander verschlungen auf den feuchten Laken, und dann empfand Lydia ein dringendes Bedürfnis, aus ihrem bisherigen, so eintönigen Leben zu erzählen. Sie wollte Armand ihr ganzes Wesen enthüllen, so, wie sie ihre Hüllen hatte fallen lassen, um ihm ihren Leib zu bieten.

„Wenn du wüsstest, was ich alles durchgemacht habe", stöhnt sie, das Gesicht an seine Brust gepresst, „nachts drängte ich mich weit weg von ihm, sein schaler, nach Arzneimitteln riechender Körper flößt mir heute noch Ekel ein. Das war schon in der Kindheit so."

Er bleibt stumm, und nach einer Weile fährt sie fort:

„Sie hat mich bei sich aufgenommen und mir so das Heim erspart, in das ich wahrscheinlich gekommen wäre. Ich will nicht undankbar erscheinen, aber glaube mir, es gab Zeiten, da hätte ich jede Verlassenheit ihrer unerschütterlichen Barmherzigkeit vorgezogen! Mir wird schlecht, wenn ich an die Tage denke, in denen ich an Clemens' Bett sitzen musste und dem röchelnden Schwächling die fiebrig heiße Hand halten sollte. Und diese widerlichen Kräuteraufgüsse, die wir immer gekocht haben! Geholfen haben sie doch nicht."

Er hört ihr immer noch wortlos zu und ihre Nasenflügel flattern, als sie nach einer kurzen Pause weiterspricht:

„Sie haben mich mit ihrem bürgerlichen Mief fast erstickt. Dass in meinen Adern noch Blut fließt ... Ich habe auch schon einmal daran gedacht, einfach fortzugehen ..., aber wohin, womit und vor allem, wovon? Ich bin doch in jederlei Hinsicht völlig abhängig von denen, vor allem finanziell ... Und wo sollte ich sonst arbeiten …? Ich habe mich doch immer nur hier um den Laden gekümmert, etwas anderes habe ich nicht gelernt."

Ihre Brust hebt sich in einem tiefen Seufzer.

„Wenn wir nun gemeinsam etwas planten …", murmelt sie und fährt mit feuchten Lippen über seinen Hals, schmiegt sich enger an seinen warmen Körper. Kaum hörbar sagt sie:

„Ich kann gar nicht mehr nachvollziehen, welcher Teufel mich geritten hat, Clemens zu heiraten. Ich habe einfach klein beigegeben, keinen Widerspruch geleistet. Vielleicht, weil er mir in seiner Schwachheit und in seinem kränklichen Wesen immer so leidgetan hat oder wir aus Macht der Gewohnheit schon als Kinder das Bett geteilt haben …, wie Geschwister eben." Und als wäre ihr gerade eine Erleuchtung gekommen, bestätigt sie ihre Aussage.

„Ja, so muss es gewesen sein … Deshalb habe ich zugestimmt und ihn geheiratet!

Aber er ist noch heute so schwächlich und jämmerlich wie damals, und er widert mich mit jedem neuen Tag ein bisschen mehr an, das kannst du mir glauben … Der Geruch nach Krankheit wird ihm bis ins Grab anhaften … Ich erzähle dir das alles, damit du nicht eifersüchtig auf ihn bist und womöglich annimmst, ich liebte ihn!"

Ihr Monolog driftet ab in eine Richtung, die ihm unangenehm ist. Er rückt ein Stück von ihr ab und greift umständlich nach seiner Uhr auf dem Nachttischchen. Nach einem kurzen Blick darauf runzelt er die Stirn.

„Müsstest du nicht langsam ins Geschäft hinunter? Es könnte Aufsehen erregen, wenn du so lange fortbleibst!"

Mit plötzlicher Vehemenz klammert sie sich an ihn und bedeckt seinen Hals mit ungestümen Küssen.

„Dich, dich liebe ich", haucht sie, „schon an dem Tag, als Clemens, der Dummkopf, dich so stolz in den Laden schob, so als hätte er dich erschaffen.

Anfangs habe ich, das gebe ich zu, überlegt, ob es richtig ist, was ich tue. Schließlich riskiere ich gerade meine sichere Existenz … Und als du mich in diesem Zimmer zum ersten Mal umarmt und gezeigt hast, wozu ein Mann fähig ist, wollte ich meine Gefühle für dich ersticken, dich zurückweisen. Doch ich kann es nicht. Ich liebe dich jetzt schon zu bedingungslos bis zur Besinnungslosigkeit. Dein Anblick nimmt mich gefangen, meine Nerven sind zum Reißen gespannt, und wenn du dieses Haus verlässt, leide ich, bis du wiederkommst und die Leere aus mir verschwindet."

Sie verfällt in Schweigen, doch ihre Lippen beben vor Erregung über das Gesagte.

Armand wagt einen neuen Versuch, das Liebesnest zu verlassen.

„Ich sollte jetzt wirklich zusehen, dass ich fortkomme. Dein Mann kann jeden Augenblick nach Hause kommen und die Weberknecht wird denken, du fühlst dich nicht wohl, und kommt in ihrer Fürsorglichkeit nach dir schauen. Lass uns nichts riskieren. Ich komme heute Abend noch einmal vorbei. Du siehst, deine Qualen bis zu unserem Wiedersehen sind also überschaubar."

Mit leisem Spott verzieht er die Mundwinkel und lächelt sie an.

„Kopf hoch." Er fasst sie unters Kinn, drückt ihr einen Kuss auf die Stirn und greift dann umständlich nach seiner Hose.

So leise, wie er gekommen ist, so lautlos schleicht er sich unbemerkt durch den Flur, die Treppe hinunter durch den Seiteneingang ins Freie.

Er blinzelt in die untergehende Sonne und atmet tief ein.

Wenn Armand bei den Weberknechts war, fühlte er sich vollkommen glücklich und zufrieden. Frau Weberknecht empfand so etwas wie eine mütterliche Freundschaft für den jungen Mann. Sie stellte sich vor, wie er abends allein in seiner Mansardenwohnung hockte, und versicherte ihm immer wieder großzügig, dass der Tisch stets für ihn mit gedeckt sei. Sie war überzeugt davon, auf diese Weise die Freundschaft der beiden Männer fördern und vertiefen zu können. Sie mochte Armand mit geschwätziger Zärtlichkeit und dieser machte ausgiebig Gebrauch von ihrer Gastfreundschaft. Manchmal unternahmen die beiden Männer vor oder nach dem Abendessen einen kleinen Spaziergang entlang der Itz. Armand genoss den frischen Wind, der aus dem Itzgrund heraufwehte, in vollen Atemzügen und erfreute sich an den Auenwiesen, wofür er bislang nie ein Auge gehabt hatte. Es war ihm, als fließe eine neue Lebensfreude durch seine Adern.

Beide Männer zogen ihren Nutzen aus dieser seltsamen Freundschaft. Sie langweilten sich nicht, streiften plaudernd umher, setzten sich an den gedeckten Tisch, ließen es sich gut gehen und unterhielten einander mit alten und neuen Geschichten.

Die Gegenwart Lydias störte Armand dabei in keinster Weise. Ihre Anwesenheit war ihm nicht unangenehm, aber sie erregte ihn nicht. Nicht einmal eine kleine Röte von Scham überzog sein hübsches Gesicht. Er begegnete ihr mit freundschaftlicher Ungezwungenheit, scherzte und versuchte sich in abgedroschenen Komplimenten.

Clemens gefiel sich in seiner Rolle als zufriedener Ehemann. Ihn störte ein wenig die Einsilbigkeit seiner Frau Armand gegenüber, und er schloss daraus, dass sie seinen Freund wohl nicht sonderlich mochte.

Für Armand hätte es nicht besser laufen können. Er war der Liebhaber einer Frau geworden, die er zu wahren Leidenschaften erwecken konnte, der Freund ihres Mannes und der Hätschelhans einer Mutter, die er immer vermisst hatte.

Niemals zuvor in seinem Leben hatte er in derartiger Sättigung seiner Gelüste gelebt.

Lydia, nervös und feinfühlig, spielte die Rolle der heimlichen Geliebten. Dank ihrer hervorragenden Heuchelkunst gelang ihr dieser Part zur Vollkommenheit. Zu lange hatte sie keinerlei Regung in sich verspürt, hatte stumpf und schläfrig in den Tag gelebt. Wenn sie Armand mit den anderen in der Stube traf, spielte sie weiter das spröde Mädchen, gab sich wortkarg und vermied es, die Aufmerksamkeit auf sich zu lenken. Da saß sie dann, mit fahlem Gesicht, das üppige Haar im Nacken zu einem strengen Knoten gebändigt. Und blickte heimlich auf den Mann gegenüber, dem sie sich eben erst mit aufgelöster Mähne halb nackt in ihrem eigenen Bett hingegeben hatte, wollüstig, mit einem lindgrünen Kaschmirschal um die entblößten Schultern. Sie empfand mitunter eine bittere Lust darin, Clemens zu hintergehen. Sie wusste, dass sie unrecht tat, doch sie gefiel sich in dieser neuen Rolle der Ehebrecherin. Welch eine hübsche kleine Komödie! Manchmal überkamen sie wahre Heiterkeitsanfälle, sodass sie aus dem Geschäft stürmte und den nächsten Blumenladen aufsuchte. Kurz darauf kam sie mit Blumentöpfen bepackt zurück und machte sich eilig daran, die Fensterbänke im ersten Stock damit zu schmücken. Sie tat das für den Geliebten, wollte so ein Willkommenszeichen setzen. Frau Weberknecht allerdings glaubte, eine ganz neue positive Seite an ihrer Schwiegertochter zu entdecken und war ganz entzückt über die plötzliche Vorliebe für die Dekorationen.

Clemens wiederum brachte in seiner ganzen Einfältigkeit seinem Freund blindes Vertrauen und Zuneigung entgegen. Hatte er jemals einen wirklichen Freund gehabt?

Selbst in seiner grenzenlosen Naivität und Selbstgefälligkeit war es ihm nicht entgangen, ein Außenseiter gewesen zu sein. Nun gefiel er sich in dem Glauben, er müsse doch eine nicht uninteressante Persönlichkeit sein. Die Tatsache, dass ein aufstrebender, talentierter Künstler, der allseits beliebt war, ausgerechnet seine Freundschaft suchte und so viel Zeit mit ihm verbrachte, sprach für sich.

Zwischen den jungen Männern herrschte ein Austausch freundlicher Worte und zuvorkommender Blicke und Gesten. Frau Weberknecht saß häufig mit gütigem Gesicht dabei und erfreute sich an der neuen Aufgewecktheit ihres Sohnes. Während ihre Schwiegertochter mit findiger Wollust daran dachte, dass sie vor nicht langer Zeit noch an Armands Brust geruht hatte. Die heißen Küsse am Spätnachmittag im Vergleich zu der gespielten Gleichgültigkeit am Abend reizten ihre Nerven und brachten ihr Blut in Wallung. Es war wie ein Wechsel aus Sturm und Windstille.

Und eine gute Zeit lang lebten sie alle in ihrer Glückseligkeit, jeder auf seine Weise.

Armand hatte es zur Gewohnheit werden lassen, das Büro früher als Clemens zu verlassen und auf direktem Wege in die Taubergasse zu eilen, wo Lydia ihn schon erwartete.

Doch eines Nachmittags wurde er ins Büro des Abteilungsleiters gerufen, der ihm ohne Umschweife mitteilte, dass ihm zu Ohren gekommen sei, dass Armand seinen Arbeitsplatz bereits um fünfzehn Uhr verließe. Es ginge natürlich nicht an, dass er das Feld ständig früher räumte, während seine Kollegen die Arbeit für ihn zu Ende bringen müssten, oder schlimmer noch, dass sie nicht rechtzeitig erledigt würde. Sein Arbeitseifer ließe derzeit arg zu wünschen übrig.

Armand hörte sich den Vorwurf mit bleichem Gesicht und unbewegter Miene schweigend an, während sein Hirn schon fieberhaft nach passenden Worten für eine Rechtfertigung suchte.

Eine Gelegenheit, so fuhr der Chef fort, böte sich allerdings schon bald, um die Sache wieder ins Lot zu bringen. Aufgrund einer internen Umstrukturierung sei es unabdingbar, dass in den kommenden Wochen ein gewisses Maß an Mehrarbeit auf ihn zukäme und er sich anhand der zusätzlich anfallenden Arbeiten bewähren könne.

Jemand muss sich hinter meinem Rücken über mich beschwert haben, durchfuhr es Armand, als er das Büro des Abteilungsleiters mit roten Ohren verließ und an seinen Arbeitsplatz zurückkehrte. Er kochte innerlich vor Wut und bekam auch nichts Gescheites mehr auf die Reihe. Natürlich verließ er an diesem Tage das Büro nicht früher, was ihn selbstverständlich daran hinderte, pünktlich zum vereinbarten Stelldichein in der Taubergasse zu erscheinen.

Das bleiche Gesicht Lydias und ihre anklagenden Augen, die an jenem Abend immer wieder die seinen suchten, sprachen Bände und waren eine Marter für ihn. Es hatte ihm an Gelegenheit gefehlt, ihr sein Fortbleiben zu erklären. Immer war Clemens in seiner Nähe oder Frau Weberknecht wuselte geschäftig um sie herum.

Zu recht später Stunde erhob sich Clemens endlich satt und schwerfällig vom Tisch und verschwand noch einmal im Geschäft, während Frau Weberknecht in der Küche mit dem Geschirr hantierte. Da zog er sie plötzlich hastig mit sich auf den Flur hinaus.

„Ich habe ein Problem. Mein Abteilungsleiter muss irgendwie Wind davon bekommen haben, dass ich dort früher die Segel streiche. Jetzt will er mich zur Strafe und Wiedergutmachung mit Mehrarbeit bombardieren! Jemand hat mich verpfiffen, sage ich dir", erklärt er ihr mit gepresster Stimme. Sie starrte ihn aus großen Augen fragend an, doch noch ehe sie etwas erwidern konnte, hörten sie auch schon Clemens' Schritte nahen. An diesem Abend mussten sie sich verabschieden, ohne dass noch ein weiteres Wort der Klärung oder einer Lösung des Problems hatte fallen können.

Und auch am Kartenabend des folgenden Freitags bot sich keine passende Gelegenheit. Schon zu vorgerückter Stunde und praktisch zwischen Tür und Angel vereinbarten die Verzweifelten in aller Hast mit unterdrückter Stimme ein neues Treffen, zu dem Armand wieder nicht erschien.

Und auch die darauf folgenden drei Wochen vergingen, ohne dass die Liebenden ihre Lust stillen konnten, und sie spürten zum ersten Mal, wie unentbehrlich sie einander geworden waren. Hatte er ihr Verhältnis anfangs noch als willkommenes sattes i-Tüpfelchen und frische Abwechslung in seinem etwas eingeschlafenen Liebesleben abgetan, so bekam diese Liaison mit einem Mal eine ganz neue Dimension. Jetzt gierte er mit der Besessenheit eines ausgehungerten Wolfes nach den Umarmungen Lydias. Ihm wurde bewusst, dass er die Geißel seiner eigenen Triebe zu werden drohte, das machte ihn hilflos und verletzlich. Ein dumpfes Werk seiner Gelüste hatte sich in ihm vollendet, und er sehnte sich mit jeder Fiber seines Körpers nach der katzenartigen Geschmeidigkeit der Frau seines idiotischen Freundes, die so ausdauernd und gelehrig war wie keine seiner Bekanntschaften vorher. Ihm war, als bräuchte er gerade dieses Mädchen zum Leben wie die Luft zum Atmen.

Doch verstrichen etliche Tage, in denen man ganz harmlos und ohne die geringsten „Absichten" nur zum Essen, Trinken, Plaudern und Kartenspielen zusammenkam.

An einem Freitagabend schließlich ergriff Lydia die Initiative und steckte Armand einen Brief zu. Darin las er, er solle am kommenden Montag das Büro zu vorgesehener Stunde verlassen und auf dem direkten Weg zu sich nach Hause gehen. Sie würde gegen sechs Uhr zu ihm in die Jacquingasse kommen. Dort würde man in Ruhe über alles reden können. Während Armand dieser Aufforderung Folge leistete, täuschte Lydia einen auswärtigen Kundenbesuch vor, um das Geschäft verlassen zu können. Eine Kundin hätte sich für einen antiken Kerzenständer interessiert, aber beim Bezahlen gemerkt, dass sie nicht genügend Geld bei sich hatte. Frau Weberknecht fand es nur geschäftstüchtig, dass ihre Schwiegertochter sich angeboten hatte, nach Ladenschluss noch einen lukrativen Verkauf außer Haus zu tätigen, und der gehbehinderten Dame entgegenkam und diese sich den Weg sparen konnte. Sie macht sich, stellte Frau Weberknecht für sich fest, es tut ihr so gut, dass unser stilles Haus jetzt täglich erfüllt ist von den fröhlichen Stimmen junger Leute.

Und während sie Lydia den sorgfältig verpackten Kerzenständer anvertraute, sann die junge Frau bereits fieberhaft auf eine Möglichkeit, die Tageseinnahmen in den Büchern derart zu modifizieren, dass der ganze Schwindel nicht aufflog.

„ABER ICH WILL NICHT, DASS ES AUFHÖRT, ES MUSS DOCH EINEN WEG GEBEN"

Mit gerötetem Gesicht und feuchten Händen erreicht sie atemlos die kleine Dachgeschosswohnung, wo sie von Armand bereits erwartet wird. Auf Zehenspitzen eilt sie die Treppen zu ihm herauf.

Sie lassen sich nicht viel Zeit. Durch das geöffnete Dachgeschossklappfenster dringen die Strahlen der untergehenden Julisonne, tauchen das Bett in goldenen Glanz. Mit zittrigen Händen entledigen sie sich hastig ihrer Kleidung und ergeben sich ihrer Leidenschaft.

Als die Kirchenuhr acht schlägt, greift sie nach ihrem zartgrünen Schal.

„Ich muss gehen, ich bin schon viel zu lange fort."
Er setzt sich unwillig auf.

„Wann kommst du wieder?", fragt er mit dunklen Augen und rauer Stimme und fingert nach einer Zigarette aus einem zerdrückten Päckchen auf dem Nachttisch.

„Ich weiß nicht, ob ich wiederkommen kann. Sieh doch, ich kann nicht immer einen Vorwand erfinden, um abends wegzugehen, das fällt auf … Alles ist so kompliziert geworden."

„Aber ich will nicht, dass es aufhört, es muss doch einen Weg geben." Seine Stimme klingt wie die eines trotzigen Kindes, dem sein Spielzeug weggenommen wird.

Er zieht seine Hose an und geht mit hastigen Schritten in dem kleinen Raum auf und ab. Hinter seiner hübschen Stirn arbeitet es, das Blut klopft ihm in den Schläfen.

„Ich habe wirklich nichts gegen ihn, aber langsam beginnt er mich zu stören. Man müsste ihn auf eine lange Reise schicken …"

„Du sprichst in Rätseln, welche Reise meinst du?", fragt sie mit leiser Stimme und ihre grünen Augen bohren sich in sein gerötetes Gesicht.

„Es gibt nur *eine* Reise für deinen Mann, und zwar diejenige ohne Rückfahrticket … Eine, von der man nicht zurückkehrt. Alles andere wäre bloß eine vorübergehende Lösung", stellt er fest und drückt entschlossen seine Zigarette aus.

„Mein Traum wäre es, einmal eine ganze Nacht mit dir zu verbringen und am Morgen neben dir aufzuwachen. Doch das kann nie sein, immer wird dieser Schwachkopf zwischen uns stehen!"

Sie blickt ihn abwartend an, und als er schweigt, bricht es aus ihr heraus.

„Dann lass uns einen Weg finden, das Problem aus der Welt zu schaffen", sind ihre flehenden Worte.

„Ja, aber wir sollten nicht unüberlegt handeln", gibt er zu bedenken und die unangenehme Situation im Büro drängt sich plötzlich in sein Bewusstsein.

„Wenn ich ihn nun einfach verließe und zu dir käme … Wir könnten gemeinsam weggehen, vielleicht in die Provence zu deiner Mutter … Du hast doch mal gesagt, dass du dir vorstellen kannst, dort zu leben, weil es für einen Maler kein schöneres Fleckchen Erde gibt als da, um zu malen …"

Ihre Augen erstrahlen in fiebrigem Glanz, doch der Funke mag nicht so recht auf ihn überspringen.

„Träum weiter", entgegnet Armand nicht ohne Bitterkeit, „wovon sollen wir denn leben? Noch bin ich kein Picasso, mein Französisch ist schlecht, also keine Aussicht auf einen Job dort unten, meine Mutter ist eine Schlampe … und außerdem, wenn du ihn verlässt, riskierst du dann nicht deinen sicheren Anteil am Geschäft und am Erbe?

Mit diesem Schritt würdest du deine Existenz, deine wirtschaftliche Unabhängigkeit mit einem Schlag zunichtemachen … Sie würden dich aus dem Haus jagen, ohne Geld, ohne Job, völlig mittellos …, schau, das wäre kein guter Nährboden für unsere Liebe, mag sie noch so stark sein! Glaube mir, du würdest mir bei unserer ersten Auseinandersetzung zum Vorwurf machen, dich in eine wirtschaftliche Abhängigkeit manövriert zu haben. Und wer weiß, was die im Amt noch alles vorhaben … Vielleicht muss ich mich auf weitere Schwierigkeiten einstellen … Sie könnten mir unter Vorgabe irgendeines vorgeschobenen Grundes die Kündigung nahelegen, mich versetzen und finanziell herabstufen …"

Er schreitet noch immer auf und ab wie ein Tiger im Käfig, hat sich eine neue Zigarette angezündet. Das Licht, das durch die Dachluke hereinfällt, erhellt den Raum nur noch spärlich. Seine Schritte werden plötzlich langsamer und er nähert sich dem Bett, auf dem sie sitzt und ihn anstarrt, die feingliedrigen Hände sittsam im Schoß gefaltet.

„Wenn dein Mann stürbe …"

„Tot", artikuliert sie leise, als höre sie dieses Wort zum ersten Mal.

„Ich würde Witwe, wir könnten heiraten, wir arbeiteten zusammen im Geschäft, wir hätten praktisch finanziell ausgesorgt, du könntest dich nebenbei der Malerei widmen und entspannt auf den Durchbruch warten. Und von deinem Job wärst du nicht länger abhängig. Mutter würde der Verlust ihres Sohnes natürlich erst einmal den Boden unter den Füßen wegziehen, klar. Aber du wirst uns in jederlei Hinsicht unterstützen und ihr helfen, den

Verlust zu verkraften. Mit der Zeit wird sie begreifen, was für eine fabelhafte ‚zweite Wahl' ich mit dir getroffen habe. Schließlich hat auch sie einen Narren an dir gefressen, das sieht jeder."

Sie hat sich in eine Art Euphorie geredet, dass ihr ganz schwindelig wird. Da ergreift er ihre Hände, zieht sie zu sich heran und murmelt, die Lippen in ihrem roten Haar:

„Geh jetzt besser, ich muss nachdenken …"

Wortlos greift sie nach ihrem grünen Kaschmirschal und verlässt die Mansarde, so lautlos, wie sie gekommen ist.

Als er wieder allein war, merkte er, dass er schwitzte. Seine Handflächen waren feucht, und Schweißperlen standen ihm auf der Stirn. Er hoffte, seine innerliche Ruhe wiederfinden zu können, indem er den Pinsel in die Farbe tauchte und sich auf sein neuestes Bild konzentrierte. Doch es wollte ihm nicht gelingen, ihm nicht, etwas Eindrucksvolles auf die Leinwand zu projizieren. Zu aufgewühlt hatten ihn seine Gedanken. Alles, was herauskam, waren fratzenhafte Gestalten in erdigen Tönen und fantasielose Farbkleckse. Schon wieder drifteten seine Gedanken ab.

Stünde Clemens nicht mehr zwischen ihnen, könnte er Lydia tatsächlich heiraten. Nicht sofort natürlich, aber nach einem angemessenen Zeitraum. Er könnte seinen langweiligen Job aufgeben, an dem ihm nicht wirklich etwas lag, und gemeinsam mit seiner Herzdame das Geschäft führen. Er würde gut leben können, vielleicht nicht eben wie Gott in Frankreich, aber immerhin ganz ordentlich, ohne sich groß anstrengen zu müssen. Er konnte seine Leidenschaften unbeschwert auskosten und das Ende seines alten Herrn abwarten, der seit Jahren an Herzproblemen litt. Aus dem Brauhaus würde er ein hübsches Sümmchen machen, denn außer ihm, Armand, gab es keinen Erben. Seine Zukunft wäre in „trockenen Tüchern". Mit Frau Weberknecht dürfte man es sich nicht verscherzen, damit sie sich weiterhin von ihrer großzügigen Seite zeigte und vor allem nicht argwöhnisch würde. Das durfte nicht weiter schwer sein. Sein blendendes Aussehen und seine tadellosen Manieren sicherten ihm die geballte Aufmerksamkeit der Damenwelt, ob jung oder alt. Und es verschaffte ihm einen gewissen Vorteil, dass er sich den Anschein von Cleverness und trockenem Humor zu geben wusste.

Er wurde derart von seinen wilden Gedanken beherrscht, dass er in jener Nacht kaum Schlaf fand. Mit fiebrig gerötetem Gesicht wälzte er sich in seinen Kissen und langsam reifte ein Plan in ihm heran. Seine Kaltblütigkeit riet ihm zu schnellem Handeln. Die Leidenschaft trieb ihn vorwärts wie ein Motor, während sein Wesen Klugheit und Vorsicht forderte. Irgendwann senkte sich ein unruhiger Schlaf über ihn.

Mit glühenden Wangen schlüpfte Lydia durch den Seiteneingang ins Haus, als ihr plötzlich Frau Weberknecht am Treppenabsatz gegenüberstand. Wie es gelaufen sei, wollte sie wissen und blickte in Lydias gerötetes Gesicht. Auf die abrupte Konfrontation nicht vorbereitet, gab sie sich einsilbig, klagte über Kopfweh und begab sich sofort hinauf ins Schlafzimmer. Sie lehnte sich außer Atem einen Moment an die geschlossene Tür, zog sich dann aus und legte sich auf das Bett. Die Laken waren kalt und klamm, und ihre glühenden Glieder durchfuhren Schauer des Widerwillens. Bald würde Clemens hier neben ihr liegen, wenn unten im Laden alles erledigt war und er mit seiner Mutter in der Stube noch einen kleinen Schlummertrunk genommen hatte.

Er würde binnen Minuten eingeschlafen sein. Sie starrte auf das Kissen neben ihr, wo sein Kopf bald Abdrücke hinterlassen würde, und bei der Vorstellung, wie er mit bleifarbenem Gesicht und offenem Mund leise und zufrieden vor sich hin schnarchte, verstärkte sich der Schauer von Abneigung.

Es hatte so viel geregnet, dass der Wasserstand der Itz das Normalmaß deutlich überstieg. Ein sommerlicher Starkregen im Juli war Grund für den erhöhten Pegelstand. Zeitweise war das Hochwasser so stark gewesen, dass sogar die Flussschifffahrt eingestellt werden musste. Anschwellende Wildbäche rissen kleine Brücken mit sich. Am fruchtbaren unteren Itzgrund hatte der Fluss aufgrund des Hochwassers sein Tal überschwemmt.

Bei schönem Wetter schlenderten Clemens und Lydia sonntags manchmal durch die beschaulichen Straßen und Gassen des Städtchens. Doch es langweilte die junge Frau. Antriebslos ließ sie sich von ihrem Mann durch die belebten Passagen ziehen. Hier und da erweckten Auslagen in den Schaufenstern seine Aufmerksamkeit. Dann blieb er staunend oder langatmige Betrachtungen anstellend stehen. Während sie sich insgeheim unwohl fühlte, gerade ihn am Arm zu haben, liebte er es, sich mit seiner Frau zu zeigen, und traf er auf einen Bekannten, so scheute er sich nicht, diesen lauthals mit stolz geblähter Brust zu grüßen und auf sich aufmerksam zu machen.

Zu Ausflügen in die Natur, beispielsweise entlang der Itz in Richtung Bachfeld oder Schalkau, war Lydia dagegen mit mehr Begeisterung bereit. Oft saßen sie am Ufer des Flusses, tauchten ihre Füße ins kühle Nass und ließen sich von den Sonnenstrahlen erwärmen, die ab und zu vom kühlen Hauch schattiger Baumgruppen gemildert wurden.

„WAS HÄLST DU DAVON, WENN WIR DREI EINEN AUSFLUG NACH KALTENBRUNN MACHEN?"

Einige Wochen waren seit der Begegnung der Liebenden in der Jacquingasse vergangen. Abgesehen von den fast allabendlichen Zusammenkünften in der Taubergasse und dem Kartenspiel war es zu keinem weiteren Treffen zwischen den beiden gekommen. Bei genauer Betrachtung Armands fiel es nicht nur Lydia auf, dass er in letzter Zeit häufig einen etwas müden Eindruck machte. Bläuliche Schatten lagen unter seinen dunklen Augen, die vorher nicht gewesen waren.

„Was ist los, alter Freund?", fragte Clemens ihn mit väterlicher Stimme und legte ihm freundschaftlich den Arm um die Schultern.

„Mir kannst du doch alles beichten!"

„Ach, es ist nichts. Ich habe nur viel Arbeit am Hals, das ist alles", tat Armand leichthin ab, wobei er sich unangenehm an das Abmahnungsschreiben erinnert fühlte, das ihm neulich ausgehändigt wurde – die Konsequenz aus dem Vieraugengespräch im Chefzimmer. Er musste bei seinem Vorgesetzten derart in Ungnade gefallen sein, dass der wohl auf Mittel und Wege sann, ihn bei der nächsten passenden Gelegenheit vor die Tür zu setzen. Das war jedenfalls Armands Überzeugung. Und der alte Kronberg würde nie den Schneid haben, sich für ihn einzusetzen oder ein gutes Wort einzulegen, auch dessen war Armand sich sicher. Obwohl das nur recht und kollegial sein würde, gerade jetzt, wo man sich regelmäßig beim Kartenspiel gegenübersaß, wie er fand.

„Ach, vergiss doch die Arbeit mal, lass dich aufheitern!"

Fragend blickte Armand in das Gesicht mit den wässrig blauen Augen seines Freundes, das sich jetzt mit einer leichten Röte überzog, als er, ganz entzückt über seinen Einfall, vorschlug:

„Für das kommende Wochenende haben sie schönes Wetter gemeldet. Was hältst du davon, wenn wir drei einen Ausflug nach Kaltenbrunn machen? Mit Picknick, Bootfahren, Biergarten, so allem Drum und Dran ... Wir könnten auch angeln, das beruhigt Körper, Geist und Seele, so sagt man doch ..."

Für Sekunden wirkt Armand nachdenklich, dann erhellt sich sein Gesicht, das eben noch missmutig war, wie angesteckt von der Idee des Freundes.

„Hört sich gar nicht übel an, das sollten wir tatsächlich mal ins Auge fassen."

„Na also, wer sagt's denn, darauf müssen wir aber einen trinken", freute sich Clemens mit breitem Grinsen, füllt die Weingläser und prostet Armand zu.

Ohne es zu ahnen, hatte er mit seinem Vorschlag soeben sein Schicksal besiegelt.

Clemens sollte recht behalten. Das darauf folgende Wochenende eignete sich einfach perfekt zur Umsetzung seines Vorschlages. Der Himmel wahrte an jenem sonnigen Sonntag seine blaue Heiterkeit. In der Sonne war es angenehm warm, im Schatten erfrischend kühl. Und so bestiegen die drei Ausflügler ausgestattet mit

Proviant zunächst eine Regionalbahn, die sie nach Hemmendorf brachte, von wo aus sie ihre kleine Wanderung in den Auen der Itz starteten.

Es war fast Mittag, die Sonne stand hoch, und die Luft glühte. So hatten es die jungen Leute eilig, in die Nähe des Flussufers zu gelangen, wo sie sich Abkühlung versprachen.

Sie wanderten zunächst durch urtümlich erscheinende grüne Winkel mit Hecken und kleinen Baumgruppen. Lydia ging an Clemens' Arm, der den Proviantkorb trug. Armand schritt hinter ihnen her und fühlte die Strahlen der Augustsonne in seinem Nacken. Er pfiff leise vor sich hin, stieß lässig kleine Steine mit dem Fuß vor sich her und betrachtete mit flackernden Augen das Schaukeln der Hüften seiner Geliebten.

Nach einer Weile verließ der schmale staubige Weg das kleine Waldstück und führte in die Felder im kesselförmigen Seitental des Itzgrundes. Beidseitig stiegen hier die sanften Hänge an. Ab und zu sorgte das laue Lüftchen, das aus dem Itzgrund heraufkam, für Abkühlung. Ein schattiges grasbedecktes Plätzchen unter einer kleinen Baumgruppe bot sich perfekt für ein erstes Picknick.

Hier fanden sich die drei Ausflügler ungestört mitten im Grünen mit dem fernen leisen Rauschen der Itz in den Ohren.

Nachdem sie sich mit deftigem Brot, Trauben, würzigem Käse und einer guten Flasche Wein gestärkt hatten, bot es sich an, noch eine Weile an diesem idyllischen Plätzchen in der Horizontale zu verbringen. Clemens gab ein paar Geschichten aus dem Büro zum Besten, dann wurde es mit einem Mal still um ihn. Satt, faul und zufrieden war er am Fuße des Baumes eingedöst.

Armand blickt gedankenverloren auf Clemens' geöffneten Mund, der im Schlummer zu einer einfältigen Grimasse verzogen ist. Die dünnen, rötlichen Haare kleben auf der feuchten, bläulich schimmernden Haut der Schläfen. Der Kopf, leicht nach hinten geneigt, gibt den Blick frei auf den dürren faltigen Hals, in dessen Mitte sich der vorspringende Kehlkopf mit jedem schnarchenden Atemzug hebt und senkt.

Angewidert wendet Armand seinen Blick ab und lenkt ihn stattdessen auf die wohlgeformten Schenkel Lydias, die es sich ebenfalls bequem gemacht hat. Sie rekelt sich wohlig im Gras und schiebt ihr Kleid dabei ein wenig höher.

Armand hat sich auf den Bauch gelegt, drückt das markante Kinn in die Erde und betrachtet ihre hübschen Beine. Langsam schiebt er sich näher an die Quelle der Begierde und bedeckt dann ein Bein mit kleinen Küssen. Der herbe Geruch des Bodens und der zarte Duft ihres Schals, mit dem sie ihm spielerisch die Nase kitzelt, vermischen sich und entzünden sogleich sein Blut, dass sich fast seine Sinne benebeln. Schon das Betrachten ihrer schaukelnden Hüften, als er hinter ihr herging, hatte ihn erregt und nun liegt er in diesem Erdenwinkel neben ihr und darf sie nicht einmal berühren. Ihr Mann könnte jederzeit aufwachen, oder vielleicht beobachtete er ihn jetzt schon heimlich hinter halb geschlossenen Augenlidern. Das würde seinen Plan zunichtemachen. Dieser Mensch war eine einzige Plage!

Mit steifen Gliedern steht er auf und lehnt sich scheinbar nachdenklich gegen einen Baumstamm, lässig auf einem Grashalm kauend. Für Minuten bleibt er regungslos, den Blick starr auf den Schläfer gerichtet. Dann blickt er in Richtung Fluss, dessen leises Rauschen zu ihnen heraufdringt. Plötzlich dreht er sich zu ihr um und betrachtet sie, wie sie ihr Kleid sittsam über ihre Knie streicht und ihn aus ihren grünen Augen fragend ansieht.

„Wird Zeit, dass wir diesen Faulpelz wecken, wenn wir hier nicht zur Salzsäule erstarren wollen", sagt Armand, geht auf den Schlafenden zu und weckt ihn, indem er ihm einen Grashalm an die Nase hält, bis er niesend erwacht.

„Na, mein Freund, wir wollen doch diesen herrlichen Tag nicht verpennen! Lust auf eine Spazierfahrt zu Wasser? Ich glaube mich daran zu erinnern, dass es bei Recheldorf einen Gasthof gibt, der Boote verleiht. Wäre doch eine ausgezeichnete Idee, findet ihr nicht auch?"

Auf dem Hauptwanderweg ging es eine kurze Strecke steil bergan, bevor es wieder flacher wurde und dann zwischen Wiesen und Feldern sanft auf und ab ging.

Jetzt schritten die beiden Männer voran, und Clemens gab sich amüsiert über die Kraftstückchen und gepfefferten Scherzworte aus vergangenen Münchener Zeiten, mit denen ihn sein Freund bei guter Laune hielt.

Lydia folgte den beiden in einigem Abstand. Ab und zu blieb sie stehen, um eine Blume vom Wegesrand zu pflücken, die sie sogleich gedankenverloren zerrupfte. Die Sonne schien immer noch mit ungeminderter Kraft und so war man dankbar für jeden kühlenden Luftzug, der aus dem Itzgrund heraufkam.

Sie hatten noch eine beachtliche Strecke über Schotterwege, geteerte Flurwege und durch kleine Waldstücke zurückzulegen, bis sie schließlich das malerische kleine Recheldorf erreichten und dort über eine Brücke die Itz überqueren. Erschöpft hielten sie dort inne und ließen, erleichtert, das Ziel erreicht zu haben, den Blick über den gemächlichen Flusslauf schweifen.

„Jetzt ist es wirklich nur noch ein Katzensprung, seht ihr, direkt dort drüben auf der anderen Uferseite, da muss er sein, der Gasthof, von dem ich euch erzählt habe ..."

Auf der anderen Uferseite angelangt, folgten sie einem schnurgeraden, mit Betonplatten ausgelegten Weg. Armands Erinnerungsvermögen sollte ihn nicht getäuscht haben. Plötzlich war das Gasthaus in Sicht. Auf einer aus Holzplanken gezimmerten Terrasse hatten es sich schon einige Ausflügler bequem gemacht. Das Haus war erfüllt von Tellerklappern und Stimmengewirr. Es roch nach Bier und deftigen Speisen. Unter den Schritten der geschäftigen Kellner knarrte der Holzboden. Erschöpft gegen das Terrassengeländer gelehnt, blickte Lydia, erleichtert über die erneute Pause, auf den träge dahinfließenden Fluss.

Sie kennt ihn auch anders. Wenn er bei Hochwasser zu einem brodelnden Ungetüm wird, das aus dem Flussbett tritt und als braune Brühe Wege, Wiesen und Mulden bedeckt. Plötzlich fröstelt es sie, und sie zieht sich den Schal enger um die Schultern.

„DU WIRST DIE NUSSSCHALE NOCH ZUM KENTERN BRINGEN"

„Wenn wir heute noch eine Bootsfahrt machen wollen, sollten wir langsam schauen, dass wir Wasser gewinnen!"
Armand hatte gezahlt und streckte die steifen Glieder, bevor er sich entschlossen erhob. Er ließ den Wirt rufen, der die Boote vermietete, und sie gingen gemeinsam zu dem kleinen Anlegesteg, wo er eines der schmalen Boote loskettete, dessen Leichtigkeit Clemens ein wenig erschreckte.

„In dieser Nussschale wird man sich nicht viel bewegen dürfen, sonst macht man einen Kopfsprung und findet sich im Wasser wieder", versuchte er seinen aufkommenden Unmut scherzhaft zu verbergen. Er war tatsächlich ein wenig wasserscheu. Sein ewig kränklicher Zustand in Kindheitstagen hatte ihn fortwährend davon abgehalten oder verboten, schwimmen zu gehen. Anstatt sich im Wasser zu tummeln wie seine Schulkameraden, lag er häufig unter warmen Decken und musste gegen eine aufkommende Bronchitis ankämpfen.

Armand war ein guter Schwimmer, und sein muskulöser Körper machte ihn gleichfalls zu einem ausdauernden Ruderer.

Clemens hatte immer eine gewisse Abneigung Wasser gegenüber behalten, die manchen Menschen eigen ist, die schlecht oder gar nicht schwimmen können und Angst vor der Tiefe haben, wenn sie den Boden unter ihren Füßen nicht mehr spüren. Doch hätte er sich lieber die Zunge abgebissen, als dass er vor seinem Freund, für den er so viel Bewunderung hegte, seine Angst zugab. Und so war er bemüht, gute Miene zum bösen Spiel zu machen, und drückte mit dem Fuß auf den Bug des Bootes, als wolle er sich so von seiner Festigkeit überzeugen.

„Na steig schon ein", rief Armand ihm lachend zu, „oder hast du Angst?"

Clemens stieg steif über den Bootsrand, ging schwankend ans Heck und setzte sich. Als er die festen Bretter unter sich fühlte, entspannte er sich etwas und fing sogleich an, herumzuscherzen.

Lydia und Armand, der das Bootstau in seinen Händen hielt, standen noch auf dem Steg, als er plötzlich leise zu ihr sprach.

„Ab jetzt stehe ich für alles, was nun geschieht. Du musst nur tun, was ich sage. Ich werde ihm eine Dusche verpassen, von der er sich nicht erholt."

Für einen Moment wich alle Farbe aus ihrem Gesicht. Clemens bemerkte ihre Blässe und spottete sogleich mit selbstsicherer Stimme.

„Die zählt jetzt an den Knöpfen ihres Kleides ab, ob sie einsteigen soll oder nicht."

Er hatte sich breitbeinig auf die Steuerbank gesetzt, die Ellbogen lässig links und rechts auf den Bootsrand gelehnt und schaukelte waghalsig und prahlerisch hin und her. Der Spott dieses Einfaltspinsels traf sie wie ein Faustschlag ins Gesicht und löste die momentane Lähmung ihres Körpers augenblicklich. Entschlossen sprang sie ins Boot.

Sie blieb an der Spitze. Armand übernahm das Ruder. Das Boot stieß sanft vom Ufer ab und glitt langsam flussabwärts.

Auf der Mitte des Flusses angelangt, war das Stimmengewirr verebbt.

Mittlerweile war es später Nachmittag. Ab und zu schob sich eine harmlose Wolke vor die allmählich tiefer sinkende Sonne und die Luft frischte ein wenig auf. Leicht fröstelnd zog Lydia ihren Schal enger um ihre Schultern.

Armand hielt mit dem Rudern inne, rieb sich die Arme und ließ das Boot in der Strömung treiben. Clemens neigte sich über den Bootsrand und tauchte die Hände ins Wasser.

„Das ist ja eisig", staunte er. „Möchte vielleicht jemand baden?"

Armand blickte mit zusammengekniffenen Augen zu beiden Ufern, braune und grüne Flächen, die in milchigem Dunst etwas verflossen. Seine Hände lagen schwer auf seinen Knien, und er betrachtete Lydia, die, den Kopf leicht nach hinten geneigt, die Sonnenstrahlen auf ihrem Gesicht spürte und die Lider geschlossen hielt.

Sie kamen an einen schmalen Seitenarm des Flusses. Armand nahm das Ruder wieder auf und manövrierte das Boot dort hinein.

Nach ein paar Ruderzügen erhob er sich abrupt, fasste Clemens unter den Armen und zog ihn dicht an sich heran.

„Hallo, spare dir diese Scherze für später auf, du wirst die Nussschale noch zum Kentern bringen!"

Es sollte spaßig klingen, doch seine Stimme und seine Augen spiegeln erst Verwunderung und dann Entsetzen wider, als Armand ihn mit eisernem Griff und angespanntem Gesicht festhielt.

Er begriff gar nicht, was geschah, fühlte nur eine unbestimmte Angst in sich hochsteigen, die ihm die Kehle zudrückte, bis er nach ein paar Schrecksekunden plötzlich merkte, dass es die Finger Armands waren, die ihm den Hals zuschnürten.

Verzweifelt klammerte er sich an den Rand des gefährlich schaukelnden Bootes. Sekundenlang rangen die beiden miteinander, bis es Armand gelang, Clemens' Hände vom Bootsrand loszureißen, wobei er ihm eine Hand wie einen Schraubstock um den dünnen Hals legte. Dann stemmten seine starken Arme ihn hoch. Fast wahnsinnig vor Angst und Entsetzen versuchte Clemens vergeblich, sich zu befreien. Sein schmaler Körper wand sich in alle Richtungen und kam dabei dem Hals seines Peinigers nahe. In seiner ganzen Verzweiflung und Hilflosigkeit grub er seine Zähne hinein. Armand unterdrückte mit Mühe einen Schmerzensschrei. Sein Gesicht verzog sich qualvoll, und er schleuderte sein Opfer mit rasender Wut über Bord.

Er kann doch nicht schwimmen. Ein paar Mal noch kommt er an die Wasseroberfläche, fuchtelt wild mit den Armen, die Augen schreckensweit aufgerissen. Nicht verstehend, was sich eigentlich abspielt. Und jedes Mal, wenn sein Kopf auftaucht, fährt das Ruderblatt mit ungeheurer Kraft auf seinen Schädel nieder. Der Ohnmacht nahe, registriert sein geschwollenes Auge die unbewegliche Gestalt Lydias im Boot, die stumme Zeugin des grausamen Schauspiels ist und dieses tatenlos verfolgt.

Dann wird es dunkel um ihn herum. Er meint, schwere Gewichte an seinen Füßen zu spüren, die ihn langsam, aber unerbittlich in die unergründliche Tiefe hinabziehen.

Armand verlor keine Sekunde. Erst versuchte er mit seinem Hemdskragen die Blutung, die Clemens' Biss in seinem Hals verursacht hatte, zu stoppen. Dann zog er die immer noch regungslose Lydia in seine Arme, brachte das Boot durch einen starken Stoß zum Kentern und zog sie mit sich ins kalte Wasser. Sie unter den Achseln fassend, schwamm er mit kräftigen Stößen aus dem Seitenarm zurück in den Fluss. Atemlos verharrten sie minutenlang in den Fluten, bevor sie in der Ferne ein Motorboot sichteten, das Kurs in ihre Richtung nahm. Sofort erhob Armand einen Arm und rief lauthals um Hilfe. Beim Näherkommen schlussfolgerte der Bootsführer, dass sich offenbar ein Unglück zugetragen haben musste. Er stoppte sofort den Motor, manövrierte das Boot vorsichtig so nahe wie möglich an die Schwimmenden heran und beeilte sich, zunächst die junge Frau an Bord und in die kleine Kajüte zu bringen. Sie klapperte vor Kälte mit den Zähnen, und die langen roten Haare verdeckten ihr aschfahles Gesicht fast gänzlich. Dann kam Armand an Bord, der wild artikulierend und sehr gestenreich eine tragische Geschichte zum Besten gab, bei der sein bester Freund offenbar in der Itz verschwunden sei.

„Es ist alles meine Schuld", stammelte er immer wieder, „ich wusste, dass er ein miserabler Schwimmer ist, und anstatt ihn zu bremsen, sitze ich herum, lasse ihn den Clown spielen und seine Scherze treiben … Wo ich doch wusste, wie viel Bier der schon gekippt hatte … Durch die verdammte Schaukelei fanden wir uns mit einem Mal alle auf derselben Seite des Bootes und schlugen um …"

Tränen verschleierten Armands Augen und er würgte an einem Kloß im Hals.

„Er hat mir noch zugerufen, seine Frau könne nicht schwimmen …, dabei kann er es ebenso wenig …"

Der Mann legte ihm eine Decke um die Schultern.

„Es ist bestimmt nicht Ihre Schuld, eher eine Verkettung unglücklicher Umstände … Es muss ja auch gar nichts passiert sein, wir finden Ihren Freund bestimmt, so groß ist die Itz ja nun auch nicht."

Armand blickte den Mann verständnislos und fast ein bisschen feindselig an, dann besann er sich. Er nahm entschlossen die Decke von seinen Schultern und stürzte sich erneut ins Wasser.

„Sie haben recht, ich werde ihn schon finden, es darf nicht sein, dass ihm etwas passiert!"

Bevor der Mann an Bord ihm noch etwas entgegnen konnte, war er schon abgetaucht.

Nach einer Weile kam er zurückgeschwommen und ließ seinen scheinbar entkräfteten Körper an Bord ziehen.

„So ein Boot ist doch kein Tanzboden!", presste er um Atem ringend heraus und raufte sich fassungslos die tropfnassen schwarzen Haare.

„Jetzt warten Sie mal", unterbrach ihn der andere und verschwand für einen Augenblick in die Kajüte. Sekunden später hielt er ihm ein Glas hin.

„So, jetzt trinken Sie erst mal einen Schluck, Sie sind ja ganz durchgefroren …, werden sich noch den Tod holen …"

Armand setzte das Glas an seine Lippen und fühlte den scharfen Geruch eines Schnapses seine Nasenwände heraufsteigen. Er leerte es in einem Zug und sofort breitete sich eine angenehme Wärme in ihm aus. Er atmete tief durch.

„Na sehen Sie, so ist es schon besser … Jetzt schauen wir, dass wir erst mal Land gewinnen, und sehen dann weiter."

Mit dem kleinen Boot im Schlepptau brachte der hilfsbereite Bootsführer das Paar zum Gasthof zurück, von wo aus die Ausflügler am Nachmittag abgelegt hatten. Es wurde die bayerische Landesschutzpolizei verständigt, die für Hilfeleistung bei Unglücksfällen auf schifffbaren Gewässern zuständig war.

Für die Erstellung eines Protokolls schilderten Armand und Lydia einem Beamten den Hergang des Unglücks, wobei die junge Frau jedoch zitternd und wortkarg dasaß und nur hier und da zustimmend nickte, um Armands Aussage zu bestätigen, ebenso wie der Bootsführer, der zum Zeitpunkt des Ereignisses noch gar nicht in Sichtweite gewesen war.

„Bitte halten Sie sich zu unserer Verfügung, wir werden Sie kontaktieren, sobald wir die vermisste Person gefunden oder weitere Fragen haben. Am besten kümmern Sie sich erst einmal um Ihre Bekannte."

Der Beamte heftete einen sorgenvollen Blick auf Lydia. Die war einer Ohnmacht nahe, als sie sich plötzlich der ganzen Tragweite des Geschehens bewusst wurde. Sie fror entsetzlich in ihren nassen Kleidern, und als die Wirtin ihr den Schal von den Schultern nehmen wollte, klammerte sie sich daran, wandte das Gesicht zur Seite und begann heftig zu schluchzen.

„Kommen Sie, Sie Arme ...", rang sie verzweifelt um Worte des Trostes, „die schicken doch bestimmt einen Suchtrupp los ... Die werden Ihren Mann schon finden ... Bestimmt hängt er irgendwo verletzt im Ufergestrüpp oder kann sich vor Erschöpfung nicht mehr fortbewegen ... Wenn sich die Kleidung erst mal so vollgesogen hat, da fehlt es dann an Kraft, da ist jede Anstrengung zu viel ... Es wird alles gut, Sie werden sehen!"

Armand, der dies mit angehört hatte, verfluchte die Wirtin insgeheim und schickte stumme Stoßgebete zum Allmächtigen, dass Clemens, gefangen in seinen Kleidern, irgendwo auf dem Grund der Itz liegen möge. Er konnte unmöglich überlebt haben, er hatte ihm doch den Schädel zertrümmert!

„Sie beide sollten zu Ihren Familien zurückkehren und sich etwas ausruhen", vernahm er aufs Neue die Stimme der Wirtin, die ihn zu nerven begann. „Wissen Sie, was? Ich besorge Ihnen ein Taxi oder sind Sie mit dem Wagen hier?"

„Danke, das wäre sehr freundlich von Ihnen", sagte Armand schnell, um die Wirtin loszuwerden, „wir haben erst die Bahn genommen und sind dann ein Stück gewandert. Wir kommen aus der Nähe von Coburg."

„Ach, du lieber Himmel, da haben Sie ja einen Tag hinter sich, kein Wunder, dass Ihre Freundin hier gleich zusammenbricht; warten Sie, ich bin gleich wieder da ..." Und mit diesen Worten stürmte sie fort zum Telefon.

Auf dem Rücksitz des Taxis, das sie zurückfuhr, schmiedete Armand an der Vollendung seines mörderischen Spiels. Er war sich seiner Straflosigkeit fast sicher, und eine bange Freude begann sich bereits unterschwellig in ihm breitzumachen. Das perfekte Verbrechen!

„Der Fahrer soll uns zum alten Diefenbach bringen, diesem senilen Polizeikommissar a. D., du kennst doch die Adresse", raunte er der reglosen Lydia zu, die zusammengesunken neben ihm saß. Sie sah ihn an, als hätte er chinesisch gesprochen.

„Mach schon, sag dem Kerl die Adresse", forderte er sie ungeduldig auf, und endlich schien sie aus ihrer Starre zu erwachen und beugte sich nach vorn zum Fahrer.

„Könnten Sie uns in die Hertzstraße fünfzehn fahren, bitte."

Sie wiesen den Taxifahrer an, zu warten, um sie dann weiter in die Taubergasse zu fahren, und fanden den Polizeikommissar a. D. in Gesellschaft seines Sohnes Eric und dessen Frau Viola. Armand war mit der Absicht erschienen, sich einen Beschützer zu sichern, für den Fall, doch in Verdacht zu geraten. Wenn er sich vertrauensvoll und Hilfe suchend an einen Polizeibeamten wandte, konnte er wohl kaum in Verdacht geraten, an dem Unglück beteiligt zu sein. So töricht würde keiner sein. Außerdem wollte er nicht alleine die erschütternde Nachricht Frau Weberknecht mitteilen. Gleichwohl befürchtete er, seine Rolle nicht mit genügend Dramatik spielen zu können. In einem gewissen Maße bedrückte ihn der bevorstehende Schmerz der alten Dame zwar, aber im Grunde genommen machte er sich nicht viel daraus. Ihm widerstrebte vielmehr die Notwendigkeit an sich, ihr gegenübertreten zu müssen.

Jetzt schilderte er dem alten Diefenbach den Hergang des Unglücks in knappen Worten mit gebrochener Stimme und gab sich von Schmerz und Müdigkeit übermannt.

„Bitte, wollen Sie mich zu der armen Frau begleiten, ich glaube, mich verlässt der Mut und die Kraft", bat er den alten Mann.

Die starren Augen von Vater und Sohn bohrten sich in die seinen, sodass Armand ein Schauer über den Rücken fuhr. Mit berechneter Waghalsigkeit hatte er sich in die Hände des Polizeikommissars begeben, und doch überfiel ihn jetzt ein Beben, als er die prüfenden Augen auf sich fühlte.

Eric schnitt ein schmerzlich überraschtes Gesicht. Seine Augen blieben jedoch ausdruckslos in dem käsigen Gesicht. Viola, nicht weniger bleich, klammerte sich an eine Stuhllehne, sodass ihre Fingerknöchel weiß hervortraten. Ihr drohten die Beine nachzugeben. Der alte Diefenbach erging sich in Ausrufen des Schreckens, Unglaubens und Klagens. Er raufte sich das schüttere Haar und sagte dann mit zerschnittener Stimme: „Oh mein Gott, wie fürchterlich, wie tragisch … Da geht man morgens quietschlebendig aus dem Haus und plötzlich ist man tot … Grauenhaft … Gut, dass ihr gekommen seid, uns zu holen. Wir wollen alle zusammen zu unserer armen Freundin gehen."

Vor dem Eingang zum Antiquitätengeschäft legte Diefenbach Armand seine Hand väterlich auf die Schulter.

„Komm erst mal nicht mit, lasse dich nach Hause fahren und versuche, etwas auszuruhen. Lydia ist ja gottlob bei uns, sie wird ihr tröstend beistehen. Ich glaube, deine Anwesenheit käme einer unmittelbaren Eröffnung gleich. Unsere liebe Freundin würde sofort spüren, dass etwas Schreckliches passiert ist. Wir wollen sie so schonend wie möglich auf das Unglück vorbereiten … Ach, und wenn die Polizei sich wieder bei dir meldet, du weißt schon, wegen Verhör und Zeugenaussage, dann kannst du dich auf den alten Diefenbach berufen, und du verständigst mich am besten sofort, ich werde dir natürlich beistehen und immer ein gutes Wort für dich einlegen."

Armand konnte durch diese Abrede nur erleichtert sein. Er entging erst einmal der Konfrontation mit Frau Weberknecht. Doch anstatt das Taxi zu nehmen, beschloss er, zu Fuß nach Hause zu gehen. Die frische Luft würde ihm guttun. Er entspannte sich tatsächlich. Das Prickeln, das er eine ganze Zeit lang in seinen Adern gespürt hatte, ließ nach, und er begann sogar, leise durch die Zähne zu pfeifen. Er fühlte sich plötzlich befreit und zufrieden.

Dramatische Szenen spielten sich derweil in der Taubergasse ab. Trotz aller vorsichtigen Umschweife Diefenbachs begriff die geistesgegenwärtige Witwe sofort, dass ihrem Sohn ein Unglück zugestoßen sein musste. Als dieser ihr die Schreckensbotschaft so behutsam wie möglich mitteilte, war der Schmerz, den sie litt, furchtbar. Ihr Körper wurde von dumpfem Schluchzen erschüttert. Angst und Entsetzen spiegelten sich in den weit aufgerissenen Augen. Sie wäre zu Boden gestürzt, hätte Lydia sie nicht umschlungen gehalten. Das Gesicht zu ihr erhoben, weinte sie heiße Tränen. Wie zu Salzsäulen erstarrt, standen Eric und sein Vater hilflos da, stumme Zeugen eines Szenarios, das das vertraute Wohlbehagen in den Räumlichkeiten, wo man unzählige unterhaltsame Stunden verbracht hatte, zerstörte.

Vor ihrem geistigen Auge sah die Witwe ihren Sohn mit aufgedunsenem Körper im Wasser treiben. Er war gestorben wie ein Hund, nachdem sie ihn jahrelang mit aufopfernder Hingabe behütet, gepflegt und verzärtelt hatte. Hatte sie das alles für ihn getan, damit er eines Tages jämmerlich den Tod durch Ertrinken fand? Sie verstand nicht. Fühlte nur, wie sich ihre Kehle schmerzhaft zuschnürte, und hoffte, der unerträgliche Schmerz des Verlustes möge sie erwürgen. Stattdessen brachte sie Lydia, der der tief sitzende Schock offenbar die Sprache verschlagen hatte und die sich selbst kaum auf den Beinen halten konnte, ins Schlafzimmer. Mit zittrigen Fingern entkleidete sie die arme Frau und half ihr ins Bett.

Die polizeilichen Ermittlungen nahmen ihren Lauf. Am nächsten Tag hatte Armand auf der zuständigen Polizeidienststelle zu erscheinen. Wie bereits tags zuvor zugesichert, wurde er dabei von Diefenbach begleitet. Die immer noch unter Schock stehende Lydia wurde derweil zu Hause mit Frau Weberknecht versorgt. Viola hatte einen Arzt gerufen, der ihnen etwas zur Beruhigung verschrieb, und sie war es auch, die sich bereit erklärte, sich um die beiden Frauen zu kümmern.

Ein Beamter der zuständigen Behörde verhörte Armand derweil über das Unglück. Diefenbach gab sogleich seine Eigenschaft als Polizeikommissar a. D. bekannt. Auch der Halter des Motorbootes war auf Anordnung erschienen und beschrieb mit dramatischen Worten, wie der junge Mann, der Verzweiflung nahe, unermüdlich immer und immer wieder nach seinem Freund getaucht sei, um ihn zu suchen und zu retten. Diefenbach und sein Sohn hatten nicht einen Augenblick an der Wahrhaftigkeit von Armands Aussage gezweifelt. Sie stellten ihn als den nächsten Freund des Unglücklichen dar, was im Grunde genommen der Wirklichkeit entsprach, denn einen wahren Freund hatte Clemens nie gehabt.

Nach Abschluss des Protokollberichtes empfand Armand ein warmes Wohlbehagen, das sich in seinem Körper ausbreitete. Angesichts der Gewissheit, dass er straffrei aus der kaltblütig geplanten Tat ausgehen würde, floss sein Blut mit leisen Wallungen in seinen Adern. Er sehnte sich nach Lydia, die er bald, nach einer angemessenen Zeit des Wartens und simulierter Trauer, wann immer ihm danach war, lieben konnte. Er verspürte sogar neue Energie, an die Staffelei zu gehen und sich in neuen Farbdichtungen zu versuchen und mit seinem Talent zu überraschen.

Bei diesen Gedanken fühlte er einen Freudenschweiß aus seinen Poren brechen, und die Geschmeidigkeit kehrte in seine Glieder zurück. Natürlich musste er seine neue Rolle als schmerzzerwühlter Freund der Familie glaubhaft und mit unvergleichlicher Sicherheit spielen, wollte er sich nicht doch noch in Verdacht bringen. Wenn nötig, würde er sich vorübergehend noch ein wenig mehr von Lydia distanzieren. Heimliche Treffen würden vorerst tabu sein. Es empfahl sich jedoch, ein Auge auf die junge Frau zu haben, denn auch sie musste ihre neue Rolle als tief getroffene, Trübsal blasende Witwe überzeugend spielen. Sie würde sich in der nächsten Zeit nicht nur mehr um ihre Schwiegermutter kümmern, sondern auch noch mehr Zeit und Interesse fürs Geschäft erübrigen müssen. Schließlich wollte und sollte sie zu gegebener Zeit als erfolgreiche Alleinerbin aus der Sache hervorgehen.

Armand war sich sicher, dass ihnen auch das gelingen würde.

Zwei Tage später fehlte noch immer jede Spur von Clemens.
Die Zeitung berichtete im Lokalteil über das tragische Bootsunglück auf der Itz.

Die kühle Luft, die durch das geöffnete Dachfenster hereinzog, peitschte sein noch träges Blut. Vor dem Badezimmerspiegel stehend betrachtete er die Wunde an seinem Hals, die ungefähr den Durchmesser eines Zwei-Euro-Stückes hatte. Auf der hellen Haut seines Halses setzte sie sich in stumpfem Braunrot ab und sah scheußlicher aus, als sie tatsächlich war. Armand nahm etwas Wundsalbe aus dem kleinen Apothekenschrank hinter der Tür und rieb sie mit zittrigen Fingern in die verletzte Stelle. Seine ungewohnte Überempfindlichkeit ärgerte ihn, doch war es ihm, als drängten durch die Berührung seines Zeigefingers ein Dutzend glühende Nadeln in sein Fleisch.

„Das darf ja wohl nicht wahr sein!", rief er sich selbst zur Vernunft, wusch sich dann mit reichlich kaltem Wasser das Gesicht, zog ein frisches Hemd über und machte sich auf ins Büro.

Dort angekommen, wurde er sofort von sämtlichen Kollegen bedrängt, die bereits aus der Zeitung über das Unglück erfahren hatten.

Armand gab noch einmal mit reichlich Dramatik und tief bewegter Stimme seine Geschichte zum Besten, und seine Zuhörerschaft hing förmlich an seinen trügerischen Lippen. Ungeachtet dessen, dass er Clemens schließlich nicht hatte retten können, wurde er doch wie ein Held gefeiert, der seinen Freund und Kollegen bis zur Erschöpfung im Wasser gesucht hatte.

„DU MUSST DICH JETZT NOCH EINMAL ZUSAMMENREISSEN"

Solange von Clemens jede Spur fehlte, konnte sein Tod nicht amtlich festgestellt werden. Doch zehn Tage nach dem tragisch geendeten Ausflug spuckte die Itz den Verschollenen wieder aus. Clemens' Körper war kilometerweit flussabwärts getrieben.

Spaziergänger entdeckten seine Leiche schließlich am fruchtbaren unteren Itzgrund nahe Rattelsdorf. Sie hatte sich unter einer steilen Uferböschung im dichten Geäst verfangen. Die alarmierte Berufsfeuerwehr brachte den Toten in die rechtsmedizinische Abteilung der Universitätsklinik Würzburg.

Dorthin wurden auch Armand und Lydia bestellt, um Clemens' Leiche zu identifizieren. Bei dem Gedanken, dass sie ihrem verstorbenen Ehegatten – sie war überzeugt, dass es sich um ihn handelte und nicht um irgendeinen Unbekannten – noch einmal in einem Aufbahrungsraum gegenübertreten musste, lief es ihr kalt den Rücken herunter. Sie war sich nicht sicher, dies durchstehen zu können, fühlte sie sich doch jetzt schon einer Ohnmacht nahe.

„Du musst dich jetzt noch einmal zusammenreißen, danach ist es doch praktisch überstanden … Die müssen doch einen Leichenschauschein ausstellen können, damit der Fall zum Abschluss gebracht werden kann … Das war mir schon von Anfang an klar, wenn der noch mal auftaucht – im wahrsten Sinne des Wortes."

Armand lächelte amüsiert über sein Wortspiel, wurde aber sofort wieder ernst.

„Ich hätte es auch vorgezogen, er wäre einfach verschollen geblieben, dann bliebe uns dieser Gang jetzt erspart", fügte er hinzu.

„*Mir* müsste es erspart bleiben", entgegnete sie heftig und richtete ihre funkelnden Augen auf ihn.

„Du hast ziemlich eigenmächtig gehandelt, ohne mich vorher in deinen genauen Plan einzuweihen, findest du nicht? Wir hätten es auch auf eine andere Art machen können …"

„Ach ja, dann verrate mir doch, auf welche? Ich verspreche, keine ist besonders angenehm …, aber was soll das jetzt, wir müssen weiterhin an einem Strang ziehen, sonst war am Ende alles für die Katz, und wir fliegen auf."

Sie schwieg resigniert. Er hatte recht. Das Begonnene musste zu Ende geführt werden, ein Zurück gab es nicht. Unter Aufbringung ihrer ganzen Beherrschung und Kraft versuchte sie sich für die bevorstehende Identifizierung zu rüsten.

Langsam, doch irgendwie auch wie magisch angezogen, nähern sie sich dem Opfer ihrer heimtückischen Tat. Sie können trotz des aufsteigenden Ekels den Blick nicht von ihm wenden. Armand fühlt eine innerliche Kälte, die gleichzeitig ein leises Prickeln unter seiner Haut verursacht, während Lydias Glieder zu zittern beginnen und sich ihre Wangen mit fiebriger Röte überziehen. Sie weiß nicht, wohin mit ihren Händen, und fährt sich mit fahrigen Fingern durch das üppige rote Haar.

Mit kaum hörbarer Stimme erklärt sie, dass der Tote auf dem Aufbahrungstisch ihr Mann ist.

Der Anblick des Ertrunkenen ist abscheulich. Er hat einige Tage im Wasser gelegen. Das Gesicht ist noch fest und geformt. Die Züge haben sich erhalten, nur die Haut hat eine gelblich schlammige Tönung angenommen. Die dünnen rotblonden Haare kleben an den bläulich grauen Schläfen. Die Lider sind geöffnet und geben den Blick auf die bleifarbenen Kugeln der Augen frei. Die verzogenen Lippen zum rechten Mundwinkel haben den Effekt, als ob der Tote in ein erstarrtes Lachen ausgebrochen sei.

Der Körper, an dem noch Fetzen seines Hemdes gehangen haben, als man ihn fand, ist entsetzlich mitgenommen. Durch die transparente Haut dringen die Schlüsselbeine. Auf der grünlichen unbehaarten Brust bildet der Brustkorb violette Streifen. Die Beine sind mit schmutzigen Flecken übersät. In seiner beginnenden Fäulnis ist der magere Körper, der von einem Kind hätte stammen können, zu einem erbärmlichen Haufen geschrumpft.

„Das ist also übrig geblieben von dem beschränkten unscheinbaren Beamten, der jahrelang mit Heiltees von seiner gluckenhaften Mutter aufgepäppelt worden ist", durchfährt es seinen Mörder.

Es gelingt ihm schließlich, sich des schaurigen Anblicks zu entziehen. Die Aussage Lydias bestätigt er. Beim Verlassen des Raumes glaubt er zu spüren, wie sich der Geruch dieses toten Körpers wie eine zweite Haut über ihn legt.

Er wird von jetzt an wie eine Zecke in seinem Fleisch sitzen.

Man protokollierte die Kleidung und den Ehering des Toten. An Clemens' Körper waren Reste seines Hemdes gefunden worden, die die junge Frau identifiziert hatte sowie den schlichten Goldring, der ihm noch am Ringfinger seiner rechten Hand steckte. Da diese wenigen Befunde nur als Hinweis auf die Identität zu werten waren, wurde dem Toten eine DNA-Probe aus der Zahnpulpa entnommen. Die Körpergröße, der Augenabstand, knöcherne Merkmale und Geschlecht wurden ebenfalls als Identifizierungskriterien im Protokoll festgehalten. In diesem Zusammenhang hatte man eine Schädelfraktur festgestellt. Es wurde die Kriminalpolizei verständigt, die Umstände, die zum Tod geführten hatten, geschildert – man ging von Ertrinken aus – und der Fall an die Staatsanwaltschaft weitergeleitet.

Das Antiquitätengeschäft in der Taubergasse blieb vorübergehend geschlossen. Während dieser Zeit wurden Frau Weberknecht und Lydia von Viola unterstützt und betreut. Der Hausarzt, ein vertrauter alter Bekannter aus Clemens' Kindertagen, kümmerte sich nun um die alte Dame. Mit den leeren Augen einer Irren starrte sie, gegen die Kissen ihres Bettes gelehnt, vor sich hin, und das stundenlang, ohne eine Lebensäußerung von sich zu geben. Sie konnte es einfach nicht begreifen. Es gab Phasen, in denen sie fantasierte und Zwiegespräche mit ihrem Sohn führte.

Lydia hütete zunächst ebenfalls, wenn sie nicht gerade antriebslos in der Wohnung herumschlich, das Bett, das sie unlängst noch mit ihrem Mann geteilt hatte. Das Gesicht zur Wand gedreht, blickte sie starr und stumm vor sich hin.

Doch nach drei Tagen, die sie wie in Trance verbracht hatte, erhob sie sich plötzlich unerwartet vor den überraschten Augen Violas, zog sich an, legte ihren grünen Schal wie gewohnt um und begab sich ins Schlafzimmer ihrer Schwiegermutter. Eine Schweigeminute lang standen die beiden Frauen sich wortlos gegenüber, bevor die alte Dame ihre zitternden Arme ausbreitete und Lydia zu sich heranzog. Mit tränenerstickter Stimme gestand sie ihr, dass ihr jetzt nur noch sie, Lydia, geblieben sei.

„Du solltest aufstehen, Mutter", riet diese ihr, „gehe wieder hinunter in den Laden, lenke dich mit der Kundschaft ab, das bringt dich auf andere Gedanken. Es hilft doch nichts, wenn du hier oben herumliegst und dich in deinem Schmerz vergräbst, das wird dich noch irre machen ..."

Frau Weberknecht blickte Lydia aus ihren traurigen Augen an, und obwohl es ihr ungeheuer schwer fiel, versuchte sie den Rat Lydias zu befolgen und das Bett zu verlassen.

Als sie mit steifen Beinen, sich am Geländer stützend die Treppe hinunterging, wurde ihrer Schwiegertochter bewusst, welch ein furchtbarer Schlag die alte Witwe getroffen hatte.

Sie hatten beschlossen, die alte Gewohnheit des Kartenspiels wieder aufzunehmen, um ein Stück Normalität und – besonders für Frau Weberknecht – Ablenkung in den Alltag zurückzubringen.

„Na, kommen Sie schon, nur Mut, liebe Freundin, wir sind doch alle hier, um Sie ein wenig zu zerstreuen ... Was nützt es Ihnen oder Ihrem unglücklichen Sohn – Gott möge seiner Seele gnädig sein –, wenn Sie nur noch Trübsal blasen ...?", dröhnte die Bassstimme Anton Kronbergs, als man sich zum Spiel um den großen Tisch versammelte. Frau Weberknecht nickte stumm, die Worte blieben ihr jedoch im Halse stecken; stattdessen wurden ihre geröteten Augen wieder feucht. Hastig ging sie in die Küche, um Tee aufzusetzen und mit ihrem Schmerz allein zu sein.

Doch kaum hatte sie sich zwischen Diefenbach und Kronberg an den Tisch gesetzt, wo die Karten für die erste Partie bereits verteilt waren, fühlte sie sich mit neuem stechenden Schmerz in die Vergangenheit zurückkatapultiert und brach in Schluchzen aus, was die anderen verdross. Sie fühlten sich unangenehm berührt und wussten nicht, wie sie angemessen reagieren sollten.

„Meine Liebe, der Anton hat schon recht, du darfst dich in deinem Schmerz nicht zu sehr gehen lassen, du wirst dich noch ganz krank damit machen", pflichtete Diefenbach dem alten Kronberg mit leicht gereizter Stimme bei.

„Wir wollen jetzt eine Partie spielen, nicht wahr?"

Mit größter Anstrengung verschluckte Frau Weberknecht die aufsteigenden Tränen und nahm mit zitternden Händen ihre Karten auf.

Armand war froh über die Wiederkehr der Freitagabende. Waren sie doch unverzichtbar für die Umsetzung seiner Pläne. Außerdem begann er sich in dem kleinen Kreis wirklich wohlzufühlen. Seit dem Unglück galt er in den Augen Frau Weberknechts als edler, tapferer Freund, der beherzt nichts hatte unversucht gelassen, um ihren Sohn zu retten. Nicht eine Sekunde lang hatte sie seine Schilderung des tragischen Unglücks infrage gestellt.

Und während Armand mit den anderen am Tisch saß, sein Kartenblatt betrachtete und über seinen nächsten Zug nachdachte, schweifte sein Blick immer wieder zu Lydia. Es war ihm, als besäße die junge Frau seit dem Tod ihres Mannes eine Schönheit, die er bis dahin nicht an ihr wahrgenommen hatte. Das üppige rote Haar kontrastierte zu ihrer momentan schwarzen Kleidung. Einziger Farbklecks war ihr grüner Kaschmirschal, auf den sie auch jetzt nicht verzichtete. Ihre grünen Augen funkelten in fiebrigem Glanz, wann immer sie zu Armand herüberschaute und ihre Augen sich trafen. Allein ihr Anblick versetzte sein Blut in Wallung, und er hätte die Karten auf den Tisch legen mögen und sich am liebsten mit ihr in ihr Schlafzimmer verzogen. Allein die Vorstellung, dass er in ihrem Bett den Platz dieses Versagers einnahm, gab ihm einen Adrenalinschub.

Trotz seines leidenschaftlichen Verlangens riet er sich zur Vorsicht. Es war besser, ein wenig Gras über die Sache wachsen zu lassen und sich noch eine Weile zu beherrschen.

So vergingen zwei Monate. Das Leben nahm wieder seinen gewohnten Gang und kam zurück zur Routine, die auf große Zwischenfälle zu folgen pflegt.

Armand kam fast ausnahmslos nach Büroschluss direkt in die Taubergasse. Er hielt es jetzt für angebracht, sich im Geschäft nützlich zu machen und den Frauen zur Hand zu gehen. Frau Weberknecht schätzte seine unaufdringliche Zuvorkommenheit.

Lydias Blässe war gewichen. Sie erschien gelöst, freundlich und aufgeschlossen der Kundschaft gegenüber und zeigte ein plötzliches Interesse am Geschäft, wie sie es vor Clemens' Tod nicht hatte aufbringen können. Sie fing an zu plaudern und ihre Augen verfolgten zunehmend das rege Treiben auf der Straße. Nachts, allein in ihrem Schlafzimmer, fühlte sie sich glücklich und wie befreit. Mit Widerwillen erinnerte sie an den kränklichen schwachen Körper, der einst neben ihr lag.

Noch vermied es das Paar, sich heimlich zu treffen. Der Mord hatte das Fieber in ihnen vorübergehend besänftigt. Dabei hätte sich die eine oder andere Gelegenheit schon ergeben, sich ins Liebesnest zu flüchten. Und doch waren beide vorsichtig. Auch reizte es sie jetzt, da Clemens ihnen nicht mehr im Wege stand, nicht mehr so wie vorher, als sie unter größter Vorsicht zusammenkamen. Als sie sich kaum Zeit ließen, sondern es mit der gleichen Hast erledigten, wie man einen letzten Schluck aus der Flasche nimmt, und ihre Bewegungen kaum aufeinander abstimmten.

Während Lydia sich nun voll und ganz ums Geschäft kümmerte und darüber hinaus eine Vorliebe für das Lesen romantischer Romane entdeckte, die vorher nicht einmal ansatzweise da gewesen war, durchlebte Armand andere Gemütszustände. Zunächst hatte er eine große Befriedigung empfunden, fühlte sich befreit von einer Last. Dann erschauerte er immer wieder bei dem plötzlichen Gedanken, dass man sein Verbrechen doch noch entdecken würde – wäre da nicht diese unerklärbare Schädelfraktur – und er, zumindest für viele Jahre, in den Knast wanderte. Er versuchte, diesen Gedanken abzuschütteln, denn ein Schwindel der Angst und des Entsetzens befiel ihn angesichts seiner Tat.

„Ich habe es nicht zuletzt auch für *sie* getan", versuchte er gedanklich sein Handeln abzumildern ..., „und hätte sie nicht so auf mich eingeredet ... Gewissermaßen hat sie mich doch angespornt ... Deshalb trägt sie eine nicht unerhebliche Mitschuld!"

Er musste diese dunklen Gedanken aus seinem Gedächtnis streichen, wollte er verhindern, dass sie ihn zermürbten. Und so versuchte er, sein ganzes Interesse auf seine Arbeit bei der Verwaltung zu fokussieren. Mit vorbildlicher Stumpfsinnigkeit verrichtete er seinen Dienst und hatte es mit einem Mal nicht mehr so eilig, das Büro zu verlassen. Kollegen wie Vorgesetzte waren gleichermaßen erstaunt über den plötzlichen Gesinnungswechsel. Nach und nach nahm er die alte Gewohnheit wieder auf, nach Dienstschluss in der Kulturfabrik vorbeizuschauen.

Der Zufall wollte es, dass er dort einen alten Bekannten aus seiner Zeit in den Münchener Künstlerkreisen wieder traf. Die beiden kamen sofort in ein reges Gespräch und plauderten über die gute alte Zeit in München.

Der Maler erzählte Armand, dass er gerade an einem Aktporträt arbeite, dass er beabsichtige, auszustellen. Armand wollte es unbedingt sehen. Er versprach sich davon, auf irgendeine Weise beflügelt zu werden. Es war an der Zeit, so sagte er sich, dass er selbst endlich wieder den Pinsel schwang und durchstartete.

Seit seiner Tat war seine Hand wie gelähmt, unfähig, etwas halbwegs Vernünftiges auf die Leinwand zu projizieren oder etwas, das auch nur ansatzweise den Hauch von Kunst oder Talent versprach.

Der junge Maler, Henry, hatte nichts dagegen, ihm sein Werk noch vor dessen Fertigstellung zu präsentieren, und sie verabredeten sich für das folgende Wochenende in Henrys Atelier.

Als Armand tatsächlich sonntagnachmittags dort aufkreuzte, traf er Henry an der Staffelei arbeitend, den Blick auf eine dunkelhaarige Schönheit gerichtet, die ihm schräg gegenüber auf einem Diwan Modell saß. Die Frau hielt den Kopf etwas nach hinten gebogen und verharrte mit gewundenem Rumpf und hoher Hüfte. Henry forderte Armand auf, Platz zu nehmen, ohne den Blick von Bild und Modell abzuwenden oder den Pinsel abzulegen. Im Aschenbecher glimmte der Rest einer fast heruntergebrannten Zigarette vor sich hin. Die Luft war geschwängert von Rauch und süßlichem Alkohol, der offenbar schon genossen worden war. Armand nahm auf einem durchgesessenen Sessel Platz, zündete sich ebenfalls eine Zigarette an und beobachtete abwechselnd den Maler und sein Modell. Er betrachtete fasziniert, mit welch kühnen, lässigen Pinselstrichen der Künstler letzte Hand an die

Farbgebung des Bildes legte, und das Blut pochte ihm in den Schläfen, auch, weil ihn der Anblick der spärlich bekleideten Frau schon wieder erregte. Die Entdeckung eines weiblichen Körpers hatte ihn schon immer mehr reizen können als alles, was einen Mann sonst noch reizen konnte. Nach seinem Dafürhalten ließ es sich mit nichts anderem auf der Welt vergleichen. Herauszufinden und zu wissen, wie eine hübsche Frau ohne Kleider aussah, hatte ihn schon immer viel stärker faszinieren können als der Gedanke an die erste Mondlandung. Er blieb bis zum Abend, dankbar für den unverhofften Tapetenwechsel, und anstatt noch einmal in der Taubergasse vorbeizuschauen, wie er eigentlich beabsichtigt hatte, nahm er die Frau mit in die Jacquingasse.

Fortan trafen sie sich dort in regelmäßigen Abständen. Es war ihm völlig egal, woher sie kam, was sie machte oder vorhatte. Für ihn war allein wichtig, die dunklen Gedanken nicht mehr von seinem Körper und Geist Besitz ergreifen zu lassen und das Geschehene ein für alle Mal zu verdrängen. Er wollte die Zeit möglichst angenehm überbrücken, solange an eine Heirat mit Lydia noch nicht zu denken war, die zum gegenwärtigen Zeitpunkt nichts als Argwohn und Misstrauen hervorgerufen hätte.

Diese neue Liebeseskapade betrachtete er keineswegs als etwas Ernstes, sondern gewissermaßen als nützliches Werkzeug, um seinem Leben ein neues Gleichgewicht zu geben. Seine Liebe zu Lydia, so sagte er sich, sei hingegen aufrichtig, hatte etwas Bodenständiges. Was sonst hätte die Beseitigung Clemens' und das damit verbundene Risiko einer Bestrafung begründen oder rechtfertigen sollen?

Und somit hatte diese kleine harmlose Liaison auch nichts mit Untreue zu tun. Sie war einfach nur Mittel zum Zweck – seinen Körper ruhig und ausgeglichen zu halten, seinen Geist frei und unbelastet.

Inzwischen kleidete Lydia sich wieder in helle Farben. Armand erschien sie jeden Tag agiler und hübscher, doch stellte er bisweilen eine seltsame Launenhaftigkeit an ihr fest; mal war sie zu Tode betrübt, dann wiederum hing der Himmel voller Geigen.

Ihre Gemütsschwankungen brachten ihn durcheinander, und er hatte Angst davor, dass sie ihn damit ansteckte. Sein Leben sollte nicht gerade jetzt aus den Fugen geraten, wenn er sich zu sehr an diese Frau hing, die ihn zu einem Mord getrieben hatte, den er ohne sie nie begangen hätte. Dieser lag nun schon einige Monate zurück und das Thema „Heirat" lag schwer wie Blei in der Luft. Es kamen Armand mitunter Gedanken, alle Zelte abzubrechen und sein Glück anderswo zu suchen, aber diese verwarf er sofort wieder. Wovon leben ohne Geld und Arbeit? Und zu seinem Vater wollte er auf keinen Fall zurück. Und was machte ihn sicher, dass sie aus enttäuschter Liebe oder Eifersucht nicht zur Polizei gehen und alles erzählen würde? War er nicht durch das Band der Tat an sie geschmiedet, auf immer und ewig? Seine Ruhe schien wieder in Gefahr, so sehr wirbelten die Gedanken in seinem Kopf.

„ICH WERDE HEUTE ABEND ZU DIR HERAUFKOMMEN"

Er gab der Frau, die ihn eine Zeit lang angenehm zerstreut hatte, wieder den Laufpass und besann sich auf seine alten Gewohnheiten. Jetzt verbrachte er seine Abende wieder ausschließlich in der Taubergasse. Dabei konzentrierte er sich wieder ganz auf die beiden Frauen. Er war aufmerksam und hilfsbereit Frau Weberknecht gegenüber, gab sich zuvorkommend und charmant Lydia gegenüber. Darüber hinaus heuchelte er sein Interesse für das Geschäft. Wenn er etwas im Laufe der Jahre gelernt hatte, dann das, was bei Frauen zieht. Es verschaffte einem schon einen gewissen Vorteil, wenn man nicht nur gut aussah, sondern sich auch den Anschein von Cleverness und Humor zu geben wusste. Mit einfachen Worten, der Lieblingsschwiegersohn in spe.

Eines Abends fing er Lydia auf der Treppe ab.

„Ich werde heute Abend zu dir heraufkommen", raunte er ihr mit kehliger Stimme zu, obwohl niemand in der Nähe war, der ihn hätte hören können. Dabei fühlte er altbekannte Begierde in sich aufsteigen.

„Ich bin es langsam leid, zu warten und vorsichtig zu sein."

Als sie ihn ansah, war ihr Blick kalt und berechnend, und doch konnte er sie förmlich spüren, die Glutwellen, die von ihr ausgingen und wie elektrisierend auf ihn wirkten.

„Heiraten wir, dann kannst du mich haben, wann immer du willst", gab sie leise, aber mit todernster Stimme zurück.

Mit brennenden Wangen verließ Armand die Taubergasse und machte sich auf den Heimweg. Lydias Aufforderung, sie möchten endlich heiraten, damit sie ihre Beziehung offen und ehrlich und ohne Heimlichkeit ausleben konnten, hatte das Verlangen nach ihr neu entfacht. Er reckte sein Gesicht in die frische Luft und genoss die kühlende Wirkung. Er hatte seine Mansarde fast erreicht, da besann er sich anders und kehrte auf einen Schlummertrunk, wie er es zu bezeichnen pflegte, in eine nahegelegene Weinstube ein. Bekannte Gesichter traf er an diesem Abend nicht an. Er ließ sich trotzdem an einem der rustikalen Tische nieder und blieb eine knappe Stunde dort sitzen, mechanisch ein Glas nach dem anderen trinkend, bis sein Schädel von einer dumpfen Benommenheit ergriffen wurde. Auf einmal dachte er missmutig und mit unterschwelligem Zorn an Lydias letzte Worte, weil sie ihn nicht mit in ihr Schlafzimmer genommen hatte und er stattdessen jetzt hier saß und sich den Kopf zudröhnte.

Es war kurz vor Mitternacht, als er auf weichen Knien die Treppe zu seiner Wohnung hinaufstieg. Die Luft war so stickig, dass er sofort das Dachfenster öffnete. Er zog sich aus und legte sich, gegen eine aufsteigende Übelkeit ankämpfend, auf das Bett. Doch der Schlaf wollte nicht kommen. Die Augen krampfhaft geschlossen, kämpfte er gegen ein Schwindelgefühl an, wobei die Gedanken in seinem Kopf wirbelten.

In der Tiefe seines Hirnes breiteten sich alle Gründe und Notwendigkeiten für eine baldige Heirat aus. Mit angespanntem Körper lag er da, vergeblich auf den Schlaf wartend. Und als er endlich in einen unruhigen Schlummer verfällt, nimmt der Geist seines toten Freundes Besitz von ihm.

Dauerregen hat die Itz aus ihrem Flussbett treten lassen und zu einer Überschwemmung der Auenlandschaft geführt. Auch Straßen sind überflutet. Der Wasserstand der Itz steigt so stark, dass er Meldestufe „vier" erreicht. Armand und Lydia rudern in dem kleinen Boot, was das Zeug hält, um ans Ufer zu gelangen. Doch sie kämpfen vergeblich gegen die starke Strömung, die sie flussabwärts treibt. Der Himmel ist bleifarben, grelle Blitze durchziehen ihn wie dünne phosphorisierte Adern, gefolgt vom wütenden Grollen eines Donnergetöses. Armands Blick ist starr auf das zornige Brodeln des Wassers fixiert, während er mit wunden Händen um ihrer beider Leben rudert, den stechenden Schmerz in seiner Schulter ignorierend.

Und dann taucht er plötzlich vor ihnen auf und schwebt über der brodelnden Wasseroberfläche, nur eine Armlänge entfernt von ihnen, zum Greifen nahe. Grün angelaufen, grauenhaft entstellt, streckt er ihnen seine ausgemergelten Arme entgegen. Er grinst und zeigt dabei zwischen den Zähnen ein schwärzliches Zungenende. Der Ertränkte bietet sich auf schaurige Weise seiner Umarmung an.

Mit einem unterdrückten Aufschrei fuhr er in die Höhe, mit eisigem Schweiß bedeckt. Für eine Schrecksekunde wusste er nicht, wo er sich befand. Dann fiel er erschöpft in die Kissen zurück. Er schalt sich für seinen kindischen Traum, doch seine Glieder zitterten wie Espenlaub. Es musste der Alkohol sein, von dem er zweifelsohne zu viel gekippt hatte, oder hatte er sich gar einen Virus eingefangen? Er meinte, sich leicht fiebrig zu fühlen. Keinesfalls wollte er in Betracht ziehen, dass es das schlechte Gewissen und die Gespenster seiner Tat waren, die anfingen, ihn zu quälen, sobald sich sein Körper und sein Geist nach Ruhe sehnten.

Er sollte in jener Nacht keinen Schlaf mehr finden. Bis zum erbarmungslosen Klingeln seines Weckers wälzte er sich auf seinem schweißklammen Laken umher. Dann stand er fast dankbar für die Erlösung mit weichen Knien auf und schlurfte ins Bad. Er strich über sein von der schlaflosen Nacht gegeißeltes Gesicht, wusch es mit eiskaltem Wasser und betrachtete erneut die Wunde an seinem Hals, die nunmehr eine zartrosa Farbe angenommen hatte. Er zog sie mit den Fingern in die Länge und erkannte den vagen Abdruck von Zähnen, die sich im Kampf verzweifelt in das Fleisch gegraben hatten. Er gewahrte eine seltsame Erregung, die er sich nicht zu erklären vermochte, und fing an, an der Wunde herumzukratzen. Die empfindliche Stelle färbte sich purpurn und es war ihm, als bohrten sich kleine Nadelspitzen in sie hinein. Ärgerlich über seine Empfindlichkeit griff er nach seinem Hemd, zog es an und schlug den Kragen über die gereizte Stelle.

Bevor er die Wohnung verließ, stürzte er noch schnell eine Tasse starken schwarzen Kaffee hinunter in der Hoffnung, das möge seine Sinne schärfen und das dumpfe Dröhnen in seinem Kopf abschalten.

Doch Armand verbrachte einen grässlichen Tag im Büro. Dort musste er gegen eine fast übermächtige Müdigkeit ankämpfen, die er in der Nacht vergeblich herbeigesehnt hatte. Sein Kopf war schwer und schmerzte, die Augenlider brannten vor Schlafmangel. Jedes Mal, wenn er Schritte von Kollegen und Vorgesetzten vernahm, versuchte er, sich zusammenzunehmen, fingerte scheinbar geschäftig in den Akten oder malträtierte die Tastatur seines Computers.

Trotz seiner miserablen Verfassung nahm er sich vor, am Abend in der Taubergasse vorbeizuschauen. Er würde das Thema „Heirat" jetzt entschlossen zur Sprache bringen. Nur dieser Schritt, dessen war er sich sicher, konnte zum vollständigen Seelenfrieden und inneren Gleichgewicht führen.

Auch Lydia hatte schlaflose Stunden hinter sich. Armands Absicht, die Nacht mit ihr zu verbringen, hatte ausgereicht, ihr Blut in Wallung zu bringen. Sie fieberte der Heirat förmlich entgegen. Dann erst würden sie wirklich frei von allen Fesseln sein und miteinander leben können, ohne Aufsehen oder Argwohn zu erregen.

Schlaf konnte auch sie in jener Nacht nicht finden. Vor ihrem geistigen Auge sah sie wechselnde Bilder. Sie sah sich in den starken Armen Armands und gewahrte in der nächsten Sekunde das hässliche Antlitz ihres verstorbenen Mannes, wie er mit kaltem aufgedunsenem Leib und verzerrtem Grinsen neben ihr lag und die Arme nach ihr ausstreckte.

Am Morgen stand auch für sie fest: Nur Nägel mit Köpfen, also eine baldige Heirat würde Ruhe und Vergessen in ihren Alltag bringen.

Die Komödie musste sorgsam und zart gespielt werden. Von selbst durften sie das Wort *Heirat* natürlich nicht erwähnen. Das hätte womöglich den Verdacht erregt, dass bei Clemens' Tod durch Ertrinken eventuell doch ein wenig nachgeholfen worden war. Zudem tappte die Polizei bezüglich der Schädelfraktur des Ertrunkenen immer noch im Dunkeln.

Sie mussten sich also von Frau Weberknecht und ihren Kartenfreunden genau das antragen lassen, was sie selbst nicht auszusprechen wagten.

Die Beweggründe für die konsequente Durchsetzung ihres Planes waren so klar wie unterschiedlich. Während Lydia sich verheiraten wollte, weil Armand ein Feuer in ihr entfacht hatte, das sie bisher nicht gekannt hatte, und sie sich ihm nun mit Körper und Geist verschrieben hatte, denn sie glaubte, einzig und allein ihn lieben zu können, spielten für Armand andere Faktoren eine Entscheidung bei dem Entschluss zu heiraten. Zum einen konnte er auf die Erbschaft seines Vaters warten, bis er schwarz würde. Er war sich sicher, dass diese eher in die Taschen irgendeines gemeinnützigen Vereins oder in eine Stiftung wanderte, als dass er, Armand, auch nur einen müden Cent davon sehen würde.

Bezüglich seines künstlerischen Talentes glaubte er zwar nach wie vor an sich, aber er wusste auch: Gut Ding braucht Weile, und so viel Geld, wie er sich gerne ausmalte, würde die Malerei ohnehin nie einbringen.

Und bei der Vorstellung, dass er die miefige Büroluft bis zum Erreichen seiner Pension atmen müsste, wurde ihm jetzt schon schlecht.

Waren Lydia jedoch als Alleinerbin das Antiquitätengeschäft und die Spareinlagen überschrieben worden, dann hätten sie schon ganz gut ausgesorgt. Er könnte den Job bei der Verwaltung kündigen und sich ausschließlich den angenehmen Dingen widmen, also seiner Staffelei und den fleischlichen und kulinarischen Genüssen, was die Glückseligkeit für ihn bedeutete. Er würde in Zukunft ein Leben voller Annehmlichkeiten und Vorteile führen können.

Lydia spielte ihre Rolle als untröstliche Witwe mit außerordentlicher Geschicklichkeit. An den Freitagabenden zeigte sie sich von ihrer melancholischsten Traurigkeit und klagte oft über Kopfweh, das, wie sie behauptete, chronisch würde. Sie gab sich matt und antriebslos und trocknete sich verstohlen die feuchten Augen mit einem Zipfel ihres grünen Kaschmirschals.

„Wenn sie so weitermacht, kommt sie vor Gram noch um ...", klagte Frau Weberknecht, „dabei hilft sie so tüchtig im Laden, die Gute, macht sich unentbehrlich ... Es ging ihr ja vorübergehend auch schon mal besser, aber gerade diese Freitagabende scheinen ihr arg zuzusetzen ..." Bei diesen Worten glänzten auch in den Augen der alten Dame wieder Tränen.

„Es ist wohl der leere Platz, auf den sie immer starren muss ...", fügte sie hinzu.

Mit väterlicher Geste legte Diefenbach der Freundin den Arm um die Schultern und lächelte sie beinahe verschmitzt an.

„Ich kann mir schon vorstellen, was Sie ein wenig aufpäppeln würde", raunte er ihr leise ins Ohr.

„Sie braucht einfach wieder einen Mann, das sieht man doch. Schließlich hat sie das ganze Leben noch vor sich. Vom Trübsalblasen wird dein armer Sohn auch nicht mehr lebendig. Es sollte sich bald einer finden, sonst läuft sie eines Tages in aller Verzweiflung davon, und du sitzt ganz alleine hier herum ... Das ist nur ein freundschaftlicher Rat und soll nicht bedeuten, dass ich deinen Sohn schon aus meinen Gedanken gestrichen habe, aber so ist es nun einmal ..."

Frau Weberknecht schluckte den Kloß in ihrem Hals herunter und lächelte Diefenbach dankbar für seine Offenheit an. Er hatte ja recht. Auch sie wurde nicht jünger und über kurz oder lang würde sie Lydia das Geschäft übergeben. Dann würde es nicht verkehrt sein, wenn sie einen Mann an ihrer Seite hatte. Sie selbst hatte sich schon viel zu früh allein durchschlagen müssen, und die Zeiten waren nicht immer rosig gewesen. Sie musste zusehen, dass sie mit ihrer Schwiegertochter eine zuverlässige Stütze im Hause behielt, auf die sie jederzeit zurückgreifen konnte.

Während Lydia mit vollendeter Heuchelei die Komödie der Trauer und Niedergeschlagenheit spielte, übernahm Armand die Rolle des hilfsbereiten, feinfühligen, charmanten Mannes. Er fing an, Frau Weberknecht mit Komplimenten und kleinen Aufmerksamkeiten zu überhäufen. Auch sein geheucheltes Interesse an den Antiquitäten wurde von Frau Weberknecht registriert.

Fortan machte er sich an manchen Abenden rar im Hause Weberknecht und verbrachte stattdessen seine Zeit zu Hause an der Staffelei. Damit erzielte er die beabsichtigte Wirkung, dass er den beiden Frauen fehlte. Die Abende ohne ihn erschienen den beiden trostlos und leer. Umso erleichterter waren sie, wenn er sie wieder besuchte und sie mit seinem lockeren Plauderton zerstreute. Auf diese Weise schmeichelte er sich in ihre Herzen und Ohren.

In seiner Schamlosigkeit trieb er es mitunter so weit, sich in Lobeshymnen über Clemens zu ergehen, was Frau Weberknecht in derartige Rührung versetzte, dass ihr die Tränen wieder in die Augen traten. Und mitten in ihren Tränen kam sie zu der Überzeugung, dass Armand wirklich ein anständiger junger Mann sei, mit edlem liebevollen Gemüt. Fast zärtlich blickte sie ihn dann an und glaubte, ihn zu lieben wie einen zweiten Sohn.

Plötzlich traf die Erkenntnis sie wie ein Blitz. Es musste natürlich Armand sein, der die Rolle des zukünftigen Ehemannes übernehmen sollte – vorausgesetzt, er willigte ein. Mit Armand an ihrer Seite würde Lydia dem Andenken Clemens' weniger untreu sein.

Einer einvernehmlichen Unterredung Frau Weberknechts und Diefenbachs zufolge begleitete dieser Armand eines Freitagabends ein Stück des Weges in die Jacquingasse.

„Wissen Sie", räumte Armand mit aller Schamlosigkeit ein, „ich mag die Lydia wirklich sehr, aber kommt es nicht einer Entgleisung gleich, wenn ich ausgerechnet sie heirate? Müsste ich nicht ständig mit einem schlechten Gewissen leben, wo ich Clemens doch nicht mehr helfen konnte und dafür bei der nächstbesten Gelegenheit seine Witwe eheliche? Wahrscheinlich würde ich dafür bei vielen Menschen in Ungnade fallen und der eine oder andere mag denken, ich hätte ihren Mann letzten Endes absichtlich ertrinken lassen, sehen Sie das nicht auch so?"

Mein Lieber, sieh es doch mal von der anderen Seite. Betrachte es als deine Pflicht und als Freundschaftsbeweis, unserer Freundin einen Sohn und Lydia einen Mann zurückzugeben."

Das war natürlich ein unschlagbares Gegenargument.

Während die beiden Männer rauchend und diskutierend dahinschlenderten, führte Frau Weberknecht eine ähnliche Unterhaltung mit ihrer Schwiegertochter.

„Weißt du, meine Liebe, wir dürfen uns beide nicht so viel grämen", begann sie vorsichtig, während sie die leeren Gläser vom Tisch räumte, „ich sehe doch, wie du dich in deinem Kummer vergräbst … Du solltest aber den Blick nach vorne richten … Du bist noch so jung … Am besten, du heiratest wieder …"

Schon wollte Lydia mit erschrockenen Augen zum Protest ansetzen, doch die alte Dame bedeutete ihr mit einer Handbewegung, nicht voreilig zu widersprechen, und nannte unvermittelt Armands Namen, wobei sie die Vorteile aufzählte, die diese Verbindung mit sich brächte, abgesehen von den zahlreichen Vorzügen und guten Charaktereigenschaften des jungen Mannes.

„Ich mag ihn wirklich ganz gern, wie einen guten Freund eben", räumte Lydia schließlich lahm ein und senkte schnell den Kopf, um die unverhohlene Freude in ihren Augen zu verbergen. Ihre Wangen brannten.

„Wenn das wirklich deine Meinung ist, Mutter, und ich dir damit das Leben leichter machen könnte, möchte ich deinen Rat gerne befolgen, vorausgesetzt, dass Armand mich heiraten will, wovon ich noch nicht überzeugt bin."

Unvermittelt nahm sie das Gesicht Frau Weberknechts in ihre Hände und küsste sie auf beide Wangen. Soeben war eine Entscheidung getroffen worden, die sie auf diese Weise besiegelte.

Zwei Tage später telefonierten Frau Weberknecht und August Diefenbach miteinander und berichteten einander über den Verlauf der Gespräche. Man kam einvernehmlich zu dem Entschluss, die Angelegenheit zu beschleunigen und nun Nägel mit Köpfen zu machen.

Am darauf folgenden Freitagabend kam es zum zweiten Akt des Schauspiels der beiden Komödianten.

Mit zögerlicher Stimme fragte Armand Lydia vor den anderen:

„Liebe Lydia, wenn du eine zweite Wahl zu treffen hättest, würde sie dann vielleicht auf mich fallen? Ich für meinen Teil würde versuchen, dieses Haus wieder mit Leben und Freude zu füllen, ohne dabei das Andenken an Clemens zu beschmutzen!"

Angesichts der Schamlosigkeit, mit der diese Worte über seine Lippen kamen, blieb Lydia der Mund offen stehen. Sie blickte ihn stumm aus großen Augen an, die Hand in ihren Kaschmirschal verkrampft, sodass die Knöchel weiß hervortraten.

Doch ihre Reaktion auf den Antrag war auch nur gespielt.

Da kam Diefenbach erneut unvermittelt zu Hilfe und unterbrach den Moment der delikaten Stille. Väterlich legte er Armand die Hand auf die Schulter und donnerte mit seiner Bassstimme:

„Na los, Kinder, worauf wartet ihr noch, wollt ihr euch nicht endlich umarmen und küssen?"

Armand und Lydia atmeten auf. Sie hatten ihre Heirat durchgesetzt, ohne sich verdächtig zu machen. Das Ziel, an dem sie lange und akribisch gearbeitet hatten, war erreicht.

Frau Weberknechts Wunsch war es, dass die Hochzeit in möglichst kleinem Rahmen gehalten wurde. Sie fürchtete den bevorstehenden Schmerz bei der Trauungszeremonie, die mit den Gedanken an ihren toten Sohn verwoben war, und sah sich kaum in der Lage, eine große Hochzeitsfeier überstehen zu können, ohne dass sie wieder in Tränen auszubrechen drohte.

Diesbezüglich zeigte sich das junge Paar verständnisvoll.

Die Vorbereitungen für die Trauung im Bürglassschlösschen in Coburg waren in vollem Gange. Armand schrieb an seinen Vater in Baunach, um ihn über seine Heirat zu informieren. Von einer Einladung sah er ab. Zu verhärtet seien die Fronten, fand er.

Der Vater antwortete mit ein paar knappen Zeilen. Er, Armand, könne sich schließlich verheiraten, wann und mit wem er wolle. Er hätte jedoch beschlossen, ihm nicht einen Cent mehr zu geben, nachdem er sein Geld durchgebracht hatte und ihn dabei in gutem Glauben an das Studium gelassen hätte. Er solle ruhig alle Torheiten der Welt begehen, seines Vaters Segen dazu habe er! Er solle nur wissen, dass er aus dem Testament gestrichen sei.

Frau Weberknecht schwoll das Herz voll Mitgefühl, als Armand ihr den Brief zeigte.

„Mach dir mal keine Sorgen", suchte sie nach tröstenden Worten.

„Das Geschäft wirft allemal genug für uns drei ab, und ich habe ja auch noch was gespart … Das bekommt die Lydia sowieso, wenn ich einmal nicht mehr bin …"

„Das sind ja sonnige Aussichten", dachte sich Armand bei diesen Worten, „da kann ich meinen Job ja bald an den Nagel hängen."

Die Zeremonie auf dem Standesamt vollzog sich ohne Glanz und Gloria. Ein alter Freund und Kollege aus seinen sogenannten „Künstlerkreisen", den Armand bei einem seiner Kneipenbesuche wiedergetroffen hatte, fungierte als Trauzeuge für ihn, während Erics Frau Viola diesen Part für Lydia übernahm.

Armand sah hinreißend gut aus in seinem dunklen Anzug, der silberfarbenen Weste und dem gestärkten blütenweißen Hemd mit passender Krawatte. Nur der Hemdkragen zwiebelte ihn, und zwar genau an der markanten Stelle, wo er Clemens' Andenken zurückbehalten hatte. Bei der kleinsten Bewegung seines Halses kniff die Falte des Hemdansatzes in die Narbe, die der Ertränkte in sein Fleisch gehöhlt hatte. Armand biss die Zähne zusammen, um das quälende Stechen und Piksen zu ertragen. In stiller und schlichter Haltung sprach das Paar das sakramentale *Ja* mit einer Ergriffenheit aus, die die Anwesenden rührte. Dabei sah es in den Köpfen der beiden ganz anders aus. Während sie äußerlich ruhig Seite an Seite saßen, durchstürmten sie die abtrünnigsten Gedanken und Bilder, und sie vermieden es weitgehend, sich offen ins Gesicht zu sehen.

Zum Essen begab man sich in ein nahegelegenes Restaurant. Armand und Lydia fühlten sich wie benommen durch die Schnelligkeit des Ablaufs der Formalitäten und ihrer Trauung, die sie nun für immer miteinander verband. Sie fühlten eine seltsame Stumpfsinnigkeit in sich aufsteigen und versuchten vergeblich, diese durch einen erhöhten Weingenuss zu ertränken. Die dumpfe Betäubung lastete weiter auf ihnen, und Armand spürte nach wie vor den Kragen seines Hemdes, der sich jetzt noch unangenehmer auf seine Narbe auswirkte.

Frau Weberknecht war dem jungen Paar für seine Ernsthaftigkeit dankbar, denn laute Fröhlichkeit hätte ihr das Herz nur wieder schwer gemacht. Kronberg und Diefenbach hingegen versuchten, die Stimmung durch deftige Trinksprüche und pikante Anekdoten zu erheitern.

Armand malte sich die nahestehende Hochzeitsnacht aus, um die Benommenheit in seinem Kopf abzumildern. Das lange Warten und Ausharren, der Verzicht aufeinander hatte sie beide auf eine harte Probe gestellt und die körperliche Begierde aufeinander unterdrückt. Doch jetzt würde alles anders werden, jetzt, wo sie ihre Zuneigung nicht mehr geheim zu halten brauchten. Weil er sich nicht mehr wie ein Dieb in ein fremdes Schlafzimmer stehlen musste, wo ihn die Frau mit dem grünen Kaschmirschal mit klopfendem Herzen empfing.

Und wenn er sie erst Abend für Abend neben sich liegen sah, würde er auch wieder ruhiger schlafen können. Die schrecklichen Bilder, die ihn nachts seit jenem Sommertag auf der Itz immer wieder verfolgten, würden ein für alle Male der Vergangenheit angehören.

„JETZT SIND WIR FREI UND KÖNNEN UNS MIT GOTTES SEGEN LIEBEN"

Er schließt behutsam die Tür hinter sich und bleibt einen Moment wie betäubt gegen sie gelehnt stehen. Im Schein der Nachttischlampe wirkt ihr Gesicht bleich, was durch ihr rotes Haar noch betont wird. Ein hauchdünnes Negligé bedeckt die weiße Haut ihres Körpers, dessen rechter Träger an ihrer Schulter herabgeglitten ist. Auch jetzt noch schmückt der grüne Schal ihren Hals.

Er kommt langsam auf sie zu. Wortlos entledigt er sich seiner Kleider, ohne den Blick von der Frau zu wenden, für die er den Tod eines anderen auf dem Gewissen hat.

Auch sie hat die Augen stumm auf ihn gerichtet, abwartend. Vorsicht hat ihr beider Fleisch fast entwöhnt. Nur flüchtige Küsse oder einen Händedruck haben sie sich erlaubt. Ihr Verlangen aufeinander haben sie nach dem Mord in dem Gedanken an diesen Augenblick unterdrückt, wenngleich sie sich schon in verheißungsvoller Lust schwelgen sahen, wenn sie sich erst ihrer Straflosigkeit sicher sein würden.

Nun brauchen sie nur die Arme auszustrecken, um sich leidenschaftlich lieben zu können. Warum so zögerlich?

Doch auf einmal liegen die Nerven blank, sind die Muskeln schwach und der Kopf leer. Armand kämpft gegen eine leichte Übelkeit. Er hat das Gefühl, nicht mehr im Besitz seiner geistigen und körperlichen Fähigkeiten zu sein, und dieser Eindruck erweckt anstatt der ersehnten Lust nun Zorn in ihm. Nicht nur gegen sein eigenes Unvermögen, sondern auch gegen die Frau, für die er sich zum Mörder gemacht hat und wofür er seitdem von Albträumen geplagt wird.

Sie erledigen es mit der gleichen Hast, mit der man ein Glas Wasser hinunterstürzt, atemlos und in einem Zug, kaum dass sich ihre Lippen dabei berühren oder ihre Hände Zeit finden, Zärtlichkeiten auszutauschen. Es ist wie eine rasch verrichtete Notdurft, wie ein unkontrollierbares Stakkato ihrer Lenden, bis sie wie betäubt in die Kissen zurückfallen.

Armands Augen brannten vor Schweiß. Er wischte sie mit dem Handrücken ab, küsste ihre Brust, die auch feucht vom Schweiß war, und sagte mit zögernder Stimme:

„Erinnerst du dich noch, als ich damals durch diese Tür gekommen bin und du mich noch heimlich geliebt hast? Heute bin ich durch dieselbe Tür gekommen, aber jetzt sind wir frei und können uns mit Gottes Segen lieben! Dein Clemens wird uns nicht mehr stören!"

„Gott lässt du wohl hier besser aus dem Spiel. Und den Namen meines Mannes solltest du ab jetzt auch nicht mehr aussprechen." Ihre Augen sind kalt auf ihn gerichtet. Bei der Erwähnung *Clemens'* hatten sich ihre Eingeweide schmerzlich umgedreht und die Erinnerungen wieder freigesetzt, die auch sie krampfhaft versuchte, aus dem Gedächtnis zu streichen.

Sie sahen einander an und wussten, dass das Kapitel ihrer mörderischen Machenschaften noch nicht bewältigt war.

Armand lehnte sich zu ihr herüber, hob ihr Kinn und presste seine Lippen hart auf die ihren. Dann stand er auf, lief ein paar Schritte im Zimmer auf und ab und versuchte, ein belangloses Gespräch in Gang zu bringen. Doch ihre Antworten fielen einsilbig aus. Plötzlich hielt er inne, und sein Blick fiel auf das Porträt von Clemens, das Frau Weberknecht irgendwann an die Wand gehängt haben musste. Jetzt starrte er es auf eine Weise an, als sähe er es zum ersten Mal, mit fast angstvoll geweiteten Augen.

„Das Bild muss weg! Gleich morgen wirst du es abhängen … Schaff es von mir aus in den Keller, Hauptsache, ich muss es nicht mehr ertragen … Das ist ja der wahre Liebestöter … und auch noch Zeuge unserer Hochzeitsnacht …!"

Doch konnte er den Blick kaum abwenden, genauso wenig wie damals, als sie Clemens identifizieren mussten.

Schlammig auf dunklem Hintergrund starrt ihn das fratzenartige grünliche Gesicht seines Widersachers an. Die Hässlichkeit des Porträts lässt ihm unwillkürlich die Nackenhaare zu Berge stehen.

Er gab sich einen Ruck, ließ sich zurück aufs Bett fallen und zog ihren Kopf unsanft zu sich heran. Sein Gesicht war ihr so nahe, dass sie seinen heißen Atem auf ihren Wangen spürte, der nach Alkohol roch.

„Küss mich!", befahl er mit rauer Stimme. Doch es klang mehr wie ein Aufschrei. Ihr Blick fiel auf die Narbe an seinem Hals. Anstatt ihn zu küssen, legte sie nur ihre Fingerspitzen auf die rote Einfärbung und runzelte die Stirn. Indem sie den Kopf nach hinten neigte, um sie besser betrachten zu können, fragte sie:

„Woher stammt das? Sieht aus wie ein Feuermal ..."

Es war ihm, als brandmarkten ihre zarten Fingerspitzen, die seine Haut doch nur wie ein Hauch streiften, die Stelle an seinem Hals.

„Du hast doch gesehen, was dieser Dummschädel im Boot gemacht hat ... Das ist nun sein Andenken, damit muss ich wohl leben ... Ich kaschiere es, so gut ich kann, deshalb fällt es niemandem auf. Küss mich dort, und alles wird gut!" Er sagte dies mit aufgesetzter Leichtigkeit und hielt ihr seinen brennenden Hals zum Kuss entgegen. Als Komödiant hatte er sich ja nun schon hinreichend bewährt.

Doch Lydia verzog in Abscheu den Mund.

„Hör auf damit, das ist ekelig!"

Und hastig stand sie auf, um sich seiner flehenden Umarmung und seinem fordernden Blick zu entziehen. Fröstelnd zog sie den Schal enger um ihre Schultern.

„Du solltest dir auch einen zulegen, der kaschiert so was noch besser", bemerkte sie mit leisem Spott und öffnete einen Spaltbreit die Tür. Sofort schlich Frau Weberknechts getigerter Kater lautlos in das Zimmer und sprang wie ein geölter Blitz auf den Stuhl, von wo aus seine bernsteinfarbenen Augen Armand fixierten. Die Nackenhaare des Tieres waren leicht gesträubt und die Krallen ausgefahren.

Gleich wird er mir ins Gesicht springen, durchfuhr es Armand, der Katzen hasste, und er machte Anstalten, dem Tier in seiner Lauerstellung einen gehörigen Fußtritt zu verpassen, um sich abzureagieren. Doch da warf sich Lydia in schützender Haltung vor den Kater, der noch immer in kriegerischer Haltung auf dem Stuhl verharrte.

„Nun lass doch deinen Unmut nicht an dem unschuldigen Tier aus, das bringt doch nichts … Was ist nur in dich gefahren?"

„Das gottverdammte Vieh geht mir eben auf die Nerven … Vielleicht sollte ich es ersäufen wie seinen Herrn … Es scheint mir, als ob sein Geist jetzt in dieses nutzlose Tier gefahren sei und uns in den Wahnsinn treiben will!"

„Also jetzt bist du wirklich irre, in welchem Jahrhundert lebst du eigentlich …? Ich dachte, den Aberglauben hätten wir mittlerweile überwunden", tönte sie verächtlich, aber die Vorstellung, dass es so wäre, ließ ihr das Blut in den Adern gefrieren.

Armand hielt seinen Blick auf das Tier gerichtet, dann atmete er tief durch, als wolle er eine innere Last abstreifen, und blickte Lydia an.

„Du hast ja recht, ich glaube, ich habe einfach zu tief ins Glas geschaut. Aber komm, setze den Quälgeist wieder vor die Tür, der braucht nun wirklich nicht ständig Zeuge unserer Liebesspiele zu sein", sagte er leichthin.

Auch in den folgenden Nächten vermochten sie die prickelnde Lust der Leidenschaft und schon gar nicht Zärtlichkeit entfachen zu lassen. Jetzt, wo sie frei waren, sich zu lieben, erfüllten sie den Liebesakt mit stoischer Gleichgültigkeit. Es war, als könnte nur das harte Stakkato ihrer Lenden die Erinnerung an den Ertränkten und sein widerwärtiges Aussehen aus ihren Köpfen verjagen. Das Gegenteil war jedoch der Fall. Und noch etwas anderes trug dazu bei, dass diese Sache noch nicht ausgestanden war. Die polizeilichen Ermittlungen waren immer noch nicht abgeschlossen, da nach wie vor ungeklärt war, wie der Ertrunkene an die Schädelfraktur gekommen war. Da sprach einiges für Fremdeinwirkung, nur, durch wen oder was?

Armand und Lydia, inzwischen verheiratet, wurden ein weiteres Mal zum Unfallhergang vernommen. Sie schilderten, getrennt voneinander, das Geschehene so, wie sie es vorher besprochen hatten. Clemens war einfach, stark angetrunken, wie er war, über Bord gefallen. Er war zu Tode gekommen, weil er nicht schwimmen konnte. Punkt!

Bislang konnte dem Paar kein Verschulden nachgewiesen werden, aber die Angst, dass sie am Ende doch überführt würden und für ihre Tat würden büßen müssen, bereitete vor allem Armand weiterhin schlaflose Nächte.

Ihre Lust aufeinander wurde immer wieder verdrängt durch angespannte Nerven und wilde Vorstellungen, die ihr Hirn marterten. Dann lagen sie schweigsam eine Handbreit voneinander, eine kleine Lücke nur, aber gerade so groß, dass der Geist des Toten dort Platz fand und zu einer Barriere wuchs.

Während das Paar sich nachts in einen wahnsinnigen Liebestaumel zu stürzen bemüht war, begann sich tagsüber die Routine des Alltags einzuspielen. Armand saß meistens unausgeschlafen, mit matten Augen und rot geränderten Lidern an seinem Schreibtisch im Büro und versuchte lustlos den Stapel der Akten zu bearbeiten. Dabei verlor er sich häufig in Tagträumen, starrte aus dem Fenster und zuckte zusammen, wenn ihm sein Chef überraschend seine Aufwartung machte oder einer seiner Kollegen ihn ansprach.

Derweil war es bei Lydia mit der Euphorie, die sie zwischenzeitlich im Geschäft an den Tag gelegt hatte, schon wieder vorbei. Frau Weberknecht registrierte diese Veränderung mit Verwunderung und Unverständnis.

Da saß sie wieder, passiv und leidenschaftslos hinter dem Ladentisch, wenn sie nicht gerade nervös und unruhig im Laden auf und ab schritt. Die alte Dame konnte sich den plötzlichen Gemütswandel ihrer Schwiegertochter durchaus nicht erklären. Eigentlich lief es doch jetzt ganz gut für sie. Nach dem Schicksalsschlag und der Trauer in der Vergangenheit war sie nun mit einem äußerst attraktiven jungen Mann verheiratet, dem es an Anstand und Benehmen nicht mangelte und der eine ehrliche Zuneigung für Lydia empfand, wie Frau Weberknecht überzeugt war.

So wie Kronberg und Diefenbach es sich erhofft hatten, als sie entscheidend an dem Zustandekommen der Heirat zwischen

Armand und Lydia mitgewirkt hatten, gewannen die Freitagabende ihre alte Fröhlichkeit wieder. Nach Clemens' Tod hatten sie verständlicherweise in Gefahr geschwebt, war es für Frau Weberknecht doch allzu schmerzhaft gewesen, die alte Gewohnheit wieder aufleben zu lassen, die sie fortwährend an ihren Sohn erinnerte. Der Gedanke daran, dass die Tür in der Taubergasse womöglich bis auf Weiteres verschlossen bleiben könnte, war für die eifrigen Kartenspieler bestürzend gewesen. An dieser willkommenen Abwechslung wollten sie eigensinnig festhalten.

Doch nun schien alles wieder beim Alten zu sein. In bester Laune versammelte man sich wieder um den großen Tisch in der gemütlichen Stube, und sofort schnurrten auch die Witzeleien der beiden alten Herren in selbstsicherer Haltung wie am Faden ab. Das Andenken an Clemens verblasste angesichts der Präsenz des attraktiven jungen Mannes, der seinen farblosen Vorgänger mit Glanz und Gloria ersetzte. Seine Stimme, der Tonfall und das Benehmen verrieten ein außerordentliches Taktgefühl. Seiner Frau gegenüber verhielt er sich zärtlich, bei Frau Weberknecht gab er sich rücksichtsvoll und aufmerksam.

Nun sahen sich die Gäste in der Pflicht, die gute Stimmung aufrechtzuerhalten.

Lydia blickte mitunter argwöhnisch in die Runde. Ihr gefielen die Gesichter mit der aufgesetzten Heiterkeit überhaupt nicht.

„Die wollen doch nur ihren eintönigen Abenden entfliehen und sich bei uns ihre Bäuche vollschlagen … Schmarotzer … Und ihre Anteilnahme ist reine Heuchelei! Unter dem Deckmäntelchen, dass sie Mutters Lebensgeister neu erwecken wollen, kommen sie daher und suhlen sich wie die Maden im Speck! Man sollte sie vor die Tür setzen!", bemerkte Lydia aufgebracht, während sie sich im Schlafzimmer wütend ihrer Seidenstrümpfe entledigte, nachdem die Gäste sich endlich auf den Heimweg gemacht hatten.

„Bist du verrückt geworden? Ein solcher Bruch wäre zum gegenwärtigen Zeitpunkt der grundfalsche Schachzug. Die Gegenwart muss der Vergangenheit in gewisser Hinsicht immer noch ähneln. Außerdem dürfen wir es uns nicht mit Diefenbach verscherzen. Du weißt, dass er noch gute Verbindung zur Polizei hat, und solange die Angelegenheit noch nicht ad acta ist, kann es nicht schaden, dieses Eisen im Feuer zu haben. Wer weiß, vielleicht kann er uns noch nützlich sein, um den einen oder anderen Verdachtsmoment zu zerstreuen."

Das sah sie, wenn auch widerstrebend, ein und schluckte ihren Ärger hinunter.

Armand betrachtet das satte Grün des sanften Wiesentals. Er steht am Flussufer und lauscht dem friedlichen Dahintreiben der Itz. Die Strahlen der Sonne, die vom wolkenlosen Himmel scheint, wärmen seine Haut angenehm. Tief zieht er die reine Luft in seine Lungen, fühlt sich befreit, vogelfrei. Goldene Lichter tanzen auf der glitzernden Wasseroberfläche. Armand genießt die Ruhe, die Einsamkeit.

Doch plötzlich geschieht etwas Furchtbares, und die Idylle ist dahin. Mit angstvoll geweiteten Augen starrt Armand ungläubig auf das Wasser, aus dessen Tiefe die grünliche, aufgedunsene Gestalt des Ertränkten emporsteigt. Wie unter einer luftundurchlässigen Glocke dringt der Geruch menschlicher Verwesung in Armands Nase und fast schmerzhaft steigt die Übelkeit in ihm auf. Das fahle Gesicht des Toten grinst ihn fratzenhaft an. Anstelle der Augen gibt es nur noch zwei schwarze Löcher zu sehen. Die Zähne sind zusammengebissen. Das dünne rötliche Haar klebt welk an den Schläfen und verschleiert ein wenig die grünen Höhlungen der Wangen. Ein weißes Leintuch bedeckt den Toten, das am unteren Ende schon ganz zerfressen ist und den Blick auf einen um neunzig Grad abgewinkelten Fuß freigibt.

Mit ausgestreckten Armen, an denen verwestes Fleisch hängt, bewegt sich der Untote auf Armand zu, der wie festgewachsen dasteht. Er kann den Blick von dieser Gestalt nicht abwenden, hat ein Taschentuch zum Mund geführt und beißt darauf herum, gegen die stärker werdende Übelkeit ankämpfend. Das Zittern seines Körpers ist der Beweis, dass er von einer starken Nervenkrise gepackt ist. Es ist ihm, als werde sein Schädel von Eisenringen zusammengepresst. Ein Schleier überzieht seinen Blick und in seinen Ohren beginnt es zu sausen. Er ist einem Schwindelanfall nahe.

Mit einem Entsetzensschrei fuhr Armand hoch. Sein Körper war mit Schweiß bedeckt. Mühsam versuchten seine Augen, sich in der Dunkelheit zurechtzufinden. Einen Augenblick lang wusste er nicht, wo er war, bis er die warmen Arme Lydias spürte, die seinen zitternden Körper umschlangen.

„Mein Gott, was ist denn los?", fragte sie angstvoll und versuchte, ihn mit einem zaghaften Kuss zu beruhigen. Doch bei der Berührung ihrer Lippen schauderte es die junge Frau selbst, denn Armands Lippen waren eiskalt und starr.

„Es ist nichts, leg dich wieder schlafen", entgegnete er schroff und versuchte, sich aus ihrer Umarmung zu lösen, wütend über sich selbst, weil er sich wieder einmal von Hirngespinsten hatte quälen lassen.

Sie beschloss, nicht weiter in ihn einzudringen. Der Klang seiner rauen Stimme verriet ihr, dass seine Nerven wie Drahtseile gespannt waren, und sie fürchtete eine überflüssige Auseinandersetzung, denn wenn er schlecht schlief, war er streitbar.

Sobald der Tag anbrach, waren die Gespenster der Nacht verjagt.

Mit selbstsicherer Gelassenheit zog sich Armand an und stärkte sich mit einem ordentlichen Frühstück, das ihm Frau Weberknecht mit mütterlichem Lächeln bereits hergerichtet hatte. Er hatte es sich zur Gewohnheit gemacht, anschließend noch einen kleinen Magenbitter zu sich zu nehmen, denn er hatte festgestellt, dass sich dieser äußerst positiv auf seine empfindlich gewordenen Nerven auswirkte. Sobald sich die angenehme Wärme in seinem Magen ausbreitete, fühlte er sich gewappnet für den Tag. Gestärkt und mit erfrischtem Gesicht fand er zu seiner alten Ruhe und Souveränität zurück. Doch im Büro überkam ihn meistens ab der Mittagszeit der erste Anfall von Müdigkeit, je nachdem, wie gut oder schlecht er geschlafen hatte. Dann saß er gähnend und unlustig die verbleibende Zeit ab, in Erwartung auf den ersehnten Büroschluss. Er hatte nie zu den Strebsamen und Engagierten gehört, aber jetzt kostete es ihn immer mehr Überwindung, seinen Job zu tun, dessen er immer überdrüssiger wurde. Stattdessen beschäftigte ihn immer häufiger der Gedanke, sich ein hübsches

Atelier einzurichten. Armand träumte von einem neuen Leben im Müßiggang.

Derweil kümmerten sich die beiden Frauen in der Taubergasse um das Geschäft und den Haushalt. Lydia merkte, dass der alten Dame die Dinge mitunter nicht mehr so leicht von der Hand gingen, was in gewissem Maße sicher mit dem Tod ihres Sohnes und dem Schicksalsschlag zusammenhing und nicht nur allein körperlich bedingt war. So war sie an manchen Tagen relativ vergesslich und ihre Hände fahrig, sodass sie mehr Zeit brauchte, ihre Dinge zu verrichten als früher.

Lydia nahm es gelassen, fast dankbar. Beschäftigung bedeutete Ablenkung, und auf diese Weise knipste sie ihre Gedanken an die gefürchtete Erinnerung und eine ungewisse Zukunft einfach aus.

Es gab Tage, an denen sie weniger Kundschaft hatten. Dann verfiel sie wieder in ihre alte Trägheit. Sie saß da, starrte unbeweglich aus dem Schaufenster und hing ihren eigenen Tagträumen nach. Eine seltsame Erschöpfung machte sich in ihr breit, die sie sich damit erklärte, dass sie wieder einmal wegen Armand zu wenig geschlafen hatte.

Dennoch genoss sie auch den Genuss der Ablenkung ihres Bewusstseins, indem sie gedankenverloren auf das vorbeiziehende Volk der Fußgänger schaute. Kam einer von ihnen auf die Idee, einzutreten, überzog sofort eine leichte Röte ihre blassen Wangen, und sie sprang hastig auf wie ein Kind, das man bei etwas Verbotenem ertappt.

Sie wurde wetterfühlig. War der Himmel blau, hing er für sie voller Geigen, und sie war optimistisch und guter Dinge. War das Wetter hingegen grau und regnerisch, befiel sie eine tiefe Mattigkeit und eine unerklärliche finstere Vorahnung. Das Vorbeieilen regendurchnässter Menschen unter tropfenden Schirmen löste eine Depression bei ihr aus, und sie verbarg ihr Gesicht fröstelnd hinter ihrem grünen Kaschmirschal.

Manchmal kam Viola zu Besuch, doch die war von Haus aus noch nie ein Energiebündel gewesen und gab mit ihrer monotonen Stimme nicht gerade die perfekte Unterhalterin ab. Doch immerhin sorgte sie für Ablenkung.

An manchen Abenden nahm Armand seine Frau mit in die Kulturfabrik, seine angesagte Stammkneipe in der Jacquingasse, wo er inzwischen seine Mansardenwohnung gekündigt hatte. Doch besonders wohl fühlte sie sich in der Gesellschaft seiner Künstlerfreunde, wie er gerne zu sagen pflegte, nicht. Eher wie ein fünftes Rad am Wagen, dem Armand auf einmal nicht mehr genügend Beachtung schenkte, weil er sich lieber mit seinen Bekannten mit Atelierpossen amüsierte und dabei, wie sie fand, viel zu tief ins Glas schaute. Was sich anschließend im Schlafzimmer nicht unbedingt positiv auswirkte.

Da zog sie es sogar vor, sich an den Freitagabenden von den dummen Witzen Diefenbachs und Kronbergs benebeln zu lassen und deren aufgesetzte gute Miene zu ertragen.

Doch die Kneipenbesuche hielten sich glücklicherweise in Grenzen, da man Frau Weberknecht nicht zu oft allein lassen wollte. Sie war es gewohnt, in Gesellschaft zu sein, hatte ihre Abende bis auf wenige Ausnahmen immer mit ihrem Sohn und Lydia zusammen verbracht. Seit dessen Tod fiel es ihr zunehmend schwerer, abends allein zu sein. Sie klagte über Sehstörungen, Schwindel und Gleichgewichtsprobleme, scheute sich aber, zum Arzt zu gehen, aus Angst vor einer unerfreulichen Diagnose.

„WIR WÜRDEN ES DOCH JEDERZEIT WIEDER TUN"

Je länger Lydia mit Armand verheiratet war, umso deutlicher wurde der jungen Frau, dass ihr Empfinden für ihn vor ihrer Eheschließung anders gewesen war als danach. Zu Beginn ihrer Affäre hatten sie sich in knisternder verbotener Leidenschaft verzehrt, mit dem prickelnden Gefühl, ertappt zu werden. Jetzt begann sie die Monotonie des gefühlskalten Beischlafes einzuholen. Ihre Körper begehrten zwar nach wie vor einander, aber in der schieren Verzweiflung, die begangene Straftat damit auszulöschen, die ihnen wie Pech auf der Haut anzuhaften schien.

Armands anhaltende Unzufriedenheit im Büro, die bescheidenen Fortschritte in Sachen Malerei (seit seine Hand gemordet hatte, schien sie unfähig, den Pinsel ruhig zu führen) und schließlich Frau Weberknecht, die ihn mit ihrer Hätschelei anzuöden begann, bewirkten, dass er sich Lydia gegenüber nicht mehr so galant und zuvorkommend verhielt wie anfangs.

Lydia wiederum war es schnell überdrüssig, ihn in seine Kneipe zu begleiten und vor seinen Freunden Kunstinteresse zu heucheln. Schließlich ließ auch sein Interesse am Geschäft einiges zu wünschen übrig. Dabei waren sie übereingekommen, dass es zweckmäßig wäre, wenn auch er sich in Sachen Antiquitäten ein wenig einarbeiten würde. Schließlich ging es um ihren Broterwerb.

„Erst setzt du meinem Mann Hörner auf, dann ersäufst du ihn wie eine räudige Katze und jetzt machst du es dir im gemachten Nest bequem und lässt dich mästen", beklagte sie sich eines Abends im Schlafzimmer bitter bei ihm.

„Du musst gerade tönen! Warst nicht du diejenige, die mich in dein ödes Schlafzimmer eingeladen hat, damit es dir endlich einmal ein Mann besorgt, anstatt dass du dieses blutleere spießige Beamtengesicht ertragen musst? Und war nicht ich derjenige, der es auf sich genommen hat, dich von der Last dieses einfältigen Dummschädels zu befreien?

Und überhaupt, haben wir uns nicht gemeinsam seiner entledigt? Wir würden es doch jederzeit wieder tun! Nein, meine Liebe, du warst zu diesem Schritt so bereit wie ich ... Es war unser gemeinsamer Plan. Jetzt versuche nicht, die Schuld auf mich abzuwälzen, um dir ein reines Gewissen einzureden, das wäre schäbig!"

Während er sich in Rage redete, war er ihr so nahe gekommen, dass sie seinen heißen Atem auf ihren Wangen spürte, in dem sie Alkohol roch. Sekundenlang starrten sie einander an. Ihre grünen Augen kalt den seinen trotzend. Da packte er sie plötzlich bei ihrem grünen Schal und zog sie unsanft an seine bebende Brust. Hart pressten sich seine Lippen auf die ihren, bevor er sie rücklings auf das Bett stieß. Er spürte die Veränderung immer häufiger.

Der anfängliche Zorn wich einer unkontrollierbaren Erregung und einer kalten Begierde. Was schließlich zurückblieb, war ein schaler Geschmack im Mund und ein Gefühl innerer Leere.

Ein neuer Schicksalsschlag traf Frau Weberknecht, der ihr Leben von Grund auf ändern sollte.
Völlig unerwartet erlitt sie einen Schlaganfall, als sie damit beschäftigt war, das Abendessen herzurichten. Dem Anfall war ein Schwindelgefühl vorausgegangen, das sie wieder einmal ignorierte. Dann wurde es schwarz um sie herum und ihr Körper glitt schwer zu Boden, wo sie bewusstlos liegen blieb. Lydia, die noch im Geschäft war, hörte den dumpfen Schlag und eilte mit einer düsteren Vorahnung die Treppe hinauf. Sie fand die regungslose Frau auf dem Rücken liegend und alarmierte geistesgegenwärtig den Notarzt. Als Frau Weberknecht mit Verdacht auf Schlaganfall ins nächste Krankenhaus gebracht wurde, sank die junge Frau fassungslos und schluchzend zusammen. Sie verwünschte Armand in die Hölle dafür, dass er nicht zu Hause war. Wahrscheinlich trieb er sich in irgendeiner Kneipe herum. Dabei hätte sie ihn jetzt weiß Gott gebraucht.
Sein Mobiltelefon lag jedoch demonstrativ auf dem Nachttisch.

Die Computertomografie zeigte, dass Frau Weberknecht den Schlaganfall aufgrund einer plötzlich aufgetretenen Minderdurchblutung des Hirns erlitten hatte. Es war zum Verschluss eines Blutgefäßes und zur Bildung eines Gerinnsels gekommen. Die leidgeprüfte Frau musste vorerst in stationärer Behandlung bleiben. Mittels Katheter und Stenteinlage wollte man versuchen, die verstopfte Ader zu öffnen.
So geschah es, dass Armand und Lydia über Nacht mit der Verantwortung für das Geschäft auf sich gestellt waren. Frau Weberknecht würde auf unabsehbare Zeit ausfallen. Und es war zu erwarten, dass sie nach ihrem Klinikaufenthalt auf die Pflege und Hilfe der beiden angewiesen sein würde.

Im Laden ging es derweil chaotisch zu. Lydia schloss das Antiquariat bereits gegen Mittag, um ins Krankenhaus zu fahren. Kam sie zurück, überkam sie eine große Mattigkeit, und sie fühlte sich so erschöpft und deprimiert, dass sie sofort nach oben ging und die Büroarbeiten unerledigt blieben. Sie ließ Messen und Auktionen unbeachtet und schaffte auf diese Weise keine neuen Ausstellungsstücke in das Geschäft. Interessenten mit speziellen Wünschen wimmelte sie schroff ab und verdarb es sich durch ihre Unfreundlichkeit auch mit der Stammkundschaft, die die geschäftstüchtige Witwe in den vielen Jahren aufgebaut hatte. Und die Laufkundschaft lief nicht selten vor die verschlossene Tür, auf der nicht einmal die geänderten Geschäftszeiten zu lesen waren.

Die Auswirkungen dieser nachlässigen Geschäftsführung zeigten sich schon bald am Schwund der Einnahmen.

Armands Bereitschaft und sein Interesse, sich nach Büroschluss oder an den Wochenenden in der Taubergasse nützlich zu machen, waren auf die Größe einer Erdnuss geschrumpft. Frau Weberknecht lag halb gelähmt in der Klinik. Wozu sollte er weiterhin Theater spielen und den Vorzeigeschwiegersohn spielen, wenn sie sowieso nichts davon mitbekam? Außerdem verdiente er sein Geld bei der Stadtverwaltung.

Frau Weberknecht trug eine halbseitige Lähmung und Sprachstörungen von ihrem Schlaganfall davon. Nach der Rehabilitation in der Klinik, wo man sie physio- und ergotherapeutisch behandelt hatte, wurde sie nach Hause entlassen. Wie erwartet, war sie nun in erheblichem Maße auf die Hilfe und Pflege Lydias angewiesen. So saß sie vorerst größtenteils in einem Rollstuhl in der Wohnstube. An manchen Tagen, wenn sie sich etwas mobiler fühlte, trug Armand sie hinunter ins Geschäft, wo sie, in einem Sessel sitzend versuchte, behilflich zu sein, obgleich sie oft Schwierigkeiten hatte, sich sprachlich zu artikulieren. Der Schlaganfall hatte bewirkt, dass ihr der Mundwinkel auf der linken Seite herabhing.

„Vielleicht könntest du mir mal etwas öfter zur Hand gehen", beschwerte sich Lydia wieder einmal, „ich schaff das nicht alles mit ihr und noch dazu das Geschäft ... Wie soll das funktionieren?"

„Jetzt tust du wieder so, als säße ich den ganzen Tag faul herum! Vielleicht habe ich noch einen Job zu erledigen, der uns immerhin etwas Geld bringt ... Aber bitte, ich kann ja kündigen, dann bin ich hier voll verfügbar!" Mit diesen Worten sah Armand das Thema als beendet, drehte sich auf dem Absatz um und verließ den Raum.

Der gesundheitliche Zustand der alten Dame schien sich nicht zu verbessern. Die jungen Leute sahen bereits den Tag voraus, an dem sie bewegungslos und stumpfsinnig dasitzen würde, nur noch Satzfetzen stammelnd, mit steifen Gliedern. Und hatte sie erst einmal der Verstand verlassen, so würde sie nicht mehr als eine atmende Hülle sein, eine Bürde, derer sie sich Tag für Tag anzunehmen hatten. Der anhaltende finanzielle Engpass schloss es aus, einen adäquaten Heimplatz für sie zu organisieren, was ohnehin sehr schwierig war.

Sobald sie die alte Dame im Bett sahen, atmeten sie auf. Dann zogen sie sich in ihr eigenes Schlafzimmer zurück. Ihre Leidenschaft überstieg in ihrer Absonderlichkeit und wilden Ausbrüchen jede Vorstellung und blieb im Inneren ihres zerrissenen Wesens verborgen. Sie hatten zwar Clemens umgebracht, nicht jedoch seinen Geist. Es war, als ob er sich wie der unsichtbare Dritte immer zwischen sie drängte und in seinem Gepäck nun die Last seiner halbtoten Mutter mitgebracht hatte.

Armand und Lydia bemühten sich, das gesundheitliche Befinden Frau Weberknechts so weit wie möglich zu optimieren. Sie sollte als wichtiges Bindeglied bestehen bleiben, um den äußeren Schein einer intakten Familie zu wahren. Sie erhielt regelmäßig eine Motorik- und Sprachtherapie, die eine leichte Verbesserung in Bezug auf Bewegungsabläufe und Artikulation erzielte. Frau Weberknecht schwoll das Herz angesichts der Pflege und Hilfsbereitschaft Lydias. Sie sah einer ungewissen Zukunft entgegen und hielt den Zeitpunkt für gekommen, ihr die Sparbücher überschreiben und ihr eine umfassende Vollmacht für ihre Konten erteilen zu lassen.

Ich hätte die Gelegenheit, an ein kleines Atelier zu kommen, gleich ein paar Straßen weit von hier. Ein Bekannter von mir zieht dort aus und sucht einen Nachmieter. Ich könnte es übernehmen, ohne großes Geld investieren zu müssen."

„Das heißt im Klartext, du fährst nach Büroschluss dorthin anstatt nach hier, oder wie hast du dir das vorgestellt?" Lydia wischt sich erschöpft über die Stirn, während sie damit beschäftigt ist, Frau Weberknecht für die Nacht umzukleiden.

„Heißt das, ich kann in Zukunft noch weniger auf deine Hilfe zählen?"

„Unsinn, was hat das damit zu tun …? Dort wäre ich aber ungestört, den Pinsel zu schwingen … Hier käme doch nichts dabei herum. Überhaupt wird sich die Lage bald sichtlich entspannen, ich habe nämlich die Kündigung auf dem Amt eingereicht!"

Einen Strumpf in der Hand haltend, hält sie mit bleichen Wangen in ihren Bewegungen inne. Frau Weberknechts nackter Fuß hängt kraftlos herab.

„Du hast *was*? Bist du wahnsinnig, in unserer jetzigen Situation … Selbst du musst doch mitbekommen haben, dass das Antiquariat momentan nicht zum Besten läuft! Wovon sollen wir das denn alles bezahlen, wenn du demnächst gar nichts mehr zur Haushaltskasse beisteuerst? Von deiner Malerei werden wir ja wohl kaum leben!" Sie lächelt bitter und zieht verächtlich die Mundwinkel herab.

Sie spürt ein leichtes Ziehen an ihrem Ärmel. Frau Weberknecht blickt sie aus feuchten Augen an.

„Na, nun macht euch wegen des Finanziellen mal nicht allzu große Sorgen, ich bin ja noch da und werde euch schon unterstützen. Lass ihm doch seine Malerei, wenn sein Herz daran hängt … Und wenn er auf dem Amt so unglücklich war, dann ist es vielleicht nicht verkehrt, wenn er künftig hier im Geschäft etwas aushilft …", versucht die alte Dame mühsam sich zu artikulieren. Es kostet sie eine enorme Anstrengung, ihre Stimme wird mit jedem Satz leiser und brüchiger, driftet schließlich ins Unhörbare ab. Ihre Augen sind auf Lydia und Armand gerichtet, der sein charmantestes Gesicht aufsetzt, theatralisch vor dem Rollstuhl niederkniet und die mageren Hände ergreift, deren Haut dünn wie Pergament geworden ist. Mit heißen Lippen drückt er hastig ein paar Küsse darauf.

„Wenigstens einer versteht mich", murmelt er und blickt sie aus seinen dunklen Augen eindringlich an. Und wieder einmal hat er das Herz Frau Weberknechts gewonnen, die er so leicht um den Finger zu wickeln vermmag. Lydias Blick hingegen straft ihn mit Verachtung.

„DU LIEGST MIR AUF DER TASCHE, HAST DEINE STELLE GEKÜNDIGT!"

Es gab Augenblicke, da spielte Armand mit dem Gedanken, die Zelte hinter sich abzubrechen und dem Wahnsinn zu entfliehen, obgleich er wusste, dass das praktisch nicht möglich war. Das Verbrechen hatte sie beide aneinandergekettet, sie waren zu Komplizen geworden, die mit unsichtbaren Hand- und Fußfesseln von nun an durchs Leben schritten. Verließe Armand seine Frau unter den jetzigen Umständen, würde sie, dessen war er sich sicher, nicht eine Sekunde zögern, auf dem nächsten Polizeirevier eine Aussage zu machen, die zwar sie beide, aber ihn zweifelsohne folgenschwerer träfe. Außerdem hatte er den Mord nicht begangen, um jetzt auf die finanziellen Möglichkeiten zu verzichten, mittels derer er sich jetzt zu bedienen gedachte. Dank der alten Witwe verfügte seine Frau bereits über ein nicht unerhebliches Sümmchen, von dem auch er profitieren würde. Schließlich hatte er ihr den Dummkopf vom Hals geschafft und sie aus ihrem stumpfsinnigen Dasein befreit. Aus diesem Grunde war sie ihm zur Dankbarkeit verpflichtet, wie er fand, und konnte sich ruhig etwas spendabel zeigen, zum Beispiel, wenn es um das Atelier ging, das er zu mieten gedachte. Dank ihres Geldes würde es ihm möglich werden, seine Launen und Vorlieben auszuleben, das bequeme Leben zu führen, was ihm immer vorgeschwebt hatte. Arbeitsscheu war er im Grunde seines Herzens immer schon gewesen.

Ob es nun um die Verwaltungstätigkeit ging oder das Brauhaus seines Vaters, das ihm zuwider war. Selbst das Studium hatte er aus Lustlosigkeit abgebrochen und weil ihm das Lernen zu viel und lästig wurde.

Er verspürte mit einem Mal eine unbändige Lust, das Ateliersleben aus Münchener Zeiten wieder zu führen. Bei dem Gedanken an die hübschen Aktmodelle, die bald wieder auf dem Diwan für ihn posieren mochten, fing seine Haut an zu prickeln. Er sah sich bereits in rauchgeschwängerter Luft kühn den Pinsel schwingen und die kurvigen Formen seiner Musen herausarbeiten.

Lydias Augen blitzten ihn kalt an.

„Du liegst mir auf der Tasche, hast deine Stelle gekündigt. Du verdienst nicht einen Cent mehr! Im Antiquariat erzielst du auch keine Erträge ... Nein, so war das nicht abgemacht, mein Lieber ..."

Er hielt trotzig ihrem Blick stand. Ein verächtliches Lächeln umspielte seine Mundwinkel. Und als sie ihn so ansah, schnürte ihr mit einem Mal Angst die Kehle zu. Angst vor dem, was ihnen die Zukunft bringen würde.

Frau Weberknecht war es, die dafür sorgte, dass Armand die Geldmittel zum Erwerb des Ateliers erhielt. Die gute Frau verwöhnte ihn, wie sie seinerzeit Clemens verwöhnt hatte. Sie war erfüllt von Zärtlichkeit für den gut aussehenden jungen Mann, der sie mit Aufmerksamkeit und Hilfsbereitschaft bedachte, sobald sie zusammentrafen.

Nachdem es beschlossen war, dass er das besagte Atelier seines Bekannten übernehmen sollte, schritt Armand unverzüglich zur Tat und setzte sich mit dem Vormieter in Kontakt. Dieser zeigte sich erleichtert, so schnell jemanden gefunden zu haben, der das Atelier übernehmen wollte. Armand wiederum war froh, eine Zufluchtsstätte gefunden zu haben, sobald er nach dreimonatiger Kündigungsfrist aus dem Amt schied. Das Atelier bot eine willkommene Rückzugsmöglichkeit, wann immer es ihm in der Taubergasse zu anstrengend wurde.

Kronberg war entsetzt, als er von Armands Kündigung erfuhr. Ein junger Mann, sagte er sich, der eine sichere Zukunft vor sich hatte, was nicht unbedingt selbstverständlich war, ein junger Mann, der innerhalb weniger Jahre eine ganz passable Gehaltsstufe erreicht hatte. Es verblüffte ihn noch mehr, dass dieser junge Mann ihm im gleichen Atemzug eröffnete, sich von nun an ganz der Malerei widmen zu wollen.

Dass er schon dabei war, sich in seinem neuen Atelier einzurichten, einem etwa sechs Meter langen und breiten Raum, mit einem großen Fenster, durch das helles Licht hineinfiel. Bei einem Trödler erstand Armand einen Tisch für seine Malutensilien, ein paar Stühle, den obligatorischen Diwan und einen Küchenschrank für sein Spirituosendepot. Doch das Wichtigste schaffte er zum Schluss heran – seine Staffelei und seine Farbkästen.

Nach seiner Entlassung aus dem Verwaltungsdienst zögerte Armand zunächst damit, den Pinsel zu schwingen. Drei Wochen verstrichen, ohne dass er seine Leinwand aufspannte und die Farbkästen öffnete. Stattdessen rekelte er sich faul auf dem neu errungenen Diwan. Rauchend betrachtete er durch das Fenster das Treiben auf der Straße, das Auf und Ab der vorbeieilenden Passanten. Träge, mit einem Glas Cognac in der Hand, wartete er darauf, dass es Mittag wurde, und schlenderte dann ohne Eile zum Essen in die Taubergasse. Am Nachmittag zog es ihn meistens zurück in seine neue Zufluchtsstätte, da er auf diese Weise den lästigen Pflichten entkommen konnte, die sich androhten.

Das Atelier wurde ein Ort des Friedens für ihn. War er dort, verschwendete er nicht einen Gedanken an das mörderische Komplott. Er war wie befreit von den Hirngespinsten, die ihn gemartert hatten. Er empfand auch keine Angst vor Entlarvung und Strafe. Es war, als lebte er wieder sein Junggesellenleben von einst.

„Heute Nachmittag komme ich dich in deinem Atelier besuchen. Ich bin schon ganz neugierig darauf. Wenn du magst, bringe ich etwas zum Essen mit, und wir machen uns ein gemütliches Stündchen. Wie klingt das in deinen Ohren?"

Sie sitzen gerade beim Mittagessen.

„Ja kannst du die Mutter denn allein lassen? Was ist, wenn etwas passiert …? Wäre es nicht klüger, wenigstens Viola zu bitten, einzuspringen, für den Fall, dass sie Hilfe benötigt?" Armands Augen spiegeln seine gespielte Besorgnis wider.

Frau Weberknecht legt ihren einen noch funktionstüchtigen Arm beschwichtigend auf den seinen.

„Keine Sorge, mein Lieber, macht euch nur ein paar schöne Stunden zu zweit. Die Viola wollte sowieso heute vorbeischauen, sie holt einen Kerzenständer ab. Das trifft sich doch gut! Außerdem muss die Lydia mal aus dieser Tretmühle heraus."

„Siehst du, ist gar kein Problem. Ich freue mich schon. Schließlich muss ich deine Kunstwerke doch mal begutachten!" Lydias grüne Augen blitzen erfreut.

Armand hingegen findet es weniger amüsant, dass seine Frau ihn im Atelier besuchen möchte. Dies ist sein Reich allein, hier trifft er Künstlerfreunde und hübsche Mädchen, die ihm Modell sitzen. Doch er ist bemüht, seinen Unmut nicht zu zeigen.

Sie kam wie versprochen am Nachmittag desselben Tages mit einem Korb kulinarischer Köstlichkeiten am Arm. Da sie keinen Schlüssel besaß, musste sie klingeln. Mit angehaltenem Atem stand Armand neben dem Fenster, hart gegen die Wand gepresst, und spähte vorsichtig von der Seite hinaus. Da stand sie, unschlüssig und ein bisschen pikiert darüber, dass ihr nicht geöffnet wurde. Sie legte die Hand über die Augen und presste die Nasenspitze an die spiegelnde Fensterscheibe, um ins Innere blicken zu können. Doch sie konnte nur die schwachen Umrisse der Möbel erkennen. Als auch ihr Klopfen und Rufen unerhört blieb, gab sie schließlich auf und wandte sich enttäuscht ab.

„Das hast du absichtlich getan", warf sie ihm vor, kaum, dass er am Abend einen Fuß in die Tür gesetzt hatte. Auf eine so unvermittelte Ansage von ihr war er nicht vorbereitet. Ihre vorwurfsvollen Augen verstimmten ihn, und schon war seine gute Laune und die Leichtigkeit, mit der er durch die Straßen geschlendert war, dahin. Unmut machte sich in seinem markanten Gesicht breit. Das Einfachste wäre jetzt gewesen, jegliche Auseinandersetzung im Keim zu ersticken und sie an ihrem grünen Schal ins Schlafzimmer zu schleifen, um es ihr dort so zu besorgen, dass sie anschließend wie ein Kätzchen schnurrte. Doch er beherrschte sich und blickte sie nur mit kalten Augen an.

„Was kann ich dafür, wenn's anders kommt! Ich habe unangemeldeten Besuch bekommen. Du kennst ihn nicht ... Jemand hat sich ein Bild angeschaut, und danach sind wir noch um die Ecke etwas trinken gegangen. Was in unseren Kreisen zählt, sind nun einmal die Connections. Ich konnte ihn nicht wegschicken, vielleicht kann er etwas für mich vermitteln. Außerdem hat er versprochen, mir bei der Organisation einer Vernissage behilflich zu sein. Aber warum muss ich mich eigentlich rechtfertigen und erzähle dir das alles? Du warst ja von Anfang an dagegen, dass ich dieses Atelier miete!"

Er hatte sich in Rage geredet, und um sich nicht zu einer Handlung hinreißen zu lassen, die er vielleicht nachher bereuen würde, atmete er tief durch, machte eine Faust in der Tasche und ließ sie einfach stehen.

Sie blickte ihm mit bleichem Gesicht nach, als er die Treppe hinaufstieg.

Jetzt hätte sie ihn wegen seiner Kaltschnäuzigkeit und Teilnahmslosigkeit umbringen mögen. Welch Ironie des Schicksals.

Allmählich bedrückte Armand das Nichtstun in seinem Atelier, und so raffte er sich schließlich auf und machte sich daran, eine Leinwand aufzuspannen. Da es ihm gegenwärtig an Aktmodellen fehlte, beschloss er, auf seine Fantasie zurückzugreifen, und fing einen Männerkopf an. Um wieder etwas wie Disziplin und Regelmäßigkeit in seinen Tagesablauf einzubauen, machte er es sich von da an zur Regel, vormittags zwei Stunden zu malen und nach dem Mittagessen bei seinem Verdauungsspaziergang das Atelier erneut aufzusuchen, um sein Schaffen vom Vormittag zu begutachten und fortzusetzen.

Der Zufall wollte es, dass er bei einem dieser Spaziergänge in die Köhlgasse auf einen alten Schulfreund traf, der, ebenfalls Maler, auf einer Bilderausstellung einen beachtlichen Erfolg davongetragen hatte.

„Armand, bist du das? Hey, erinnerst du dich nicht, alter Freund …? Ich bin es, Ruben. Wir haben doch mal eine Zeit lang die Schulbank gedrückt! Was machst du, wie geht es dir?" Der Fremde vor ihm, ungefähr gleichen Alters, zeigt sich freudig erstaunt und legt ihm die Hand auf den Arm, als wolle er Armands Gedächtnis auf die Sprünge helfen.

„Ach ja, lange ist's her. Fast hätte ich dich nicht wiedererkannt. Wie die Zeit vergeht … Ich habe inzwischen geheiratet. Und wie geht es dir?"

„Was! Du und verheiratet! Hätte ich mir auch nicht träumen lassen …"

Armand erzählt mit knappen Worten von seiner Heirat und seinen Plänen.

„Ich habe mich jetzt ausschließlich auf die Malerei gestürzt, nachdem ich schon so einiges andere versucht habe. Aber ich glaube einfach, das ist meine Berufung. Gleich hier in der Nähe habe ich ein kleines Atelier angemietet, wo ich meine Ruhe zum Malen habe. Meine Frau und meine Schwiegermutter betreiben ein Antiquariat, wo ich ab und zu auch noch einspringe. Na, und da ist der Tag voll ausgebucht, wie du dir vorstellen kannst."

„Junge, da hast du ja Großes vor. Alle Achtung, du hast Schneid!"

Der Mann mustert Armand von Kopf bis Fuß und macht ihn einigermaßen verlegen.

Unschlüssig stehen sie sich einen Augenblick gegenüber, nach Gesprächsstoff suchend. Da hat Armand eine Idee.

„Magst du nicht auf einen Sprung mit in mein Atelier kommen, ich bin gerade auf dem Weg dorthin."

„Klar, ein paar Minuten hätte ich schon Zeit", erwidert der andere nicht abgeneigt.

Interessiert betrachtete der Maler das, was Armand bislang zustande gebracht hatte. Es handelte sich größtenteils um Studien, Frauen- und Männerporträts, mit kühnen Pinselstrichen auf lichtgrauem Hintergrund in Szene gesetzt.

„Und das hast wirklich alles du gemalt?", fragte er fast ein wenig ungläubig.

„Aber klar doch, warum sollte ich dir etwas vormachen!"

„Offen gestanden", erwiderte der andere, „hätte ich dir nicht zugetraut, so zu malen. Du scheinst wirklich Talent zu haben. Vielleicht solltest du nicht so düstere Farben wählen, aber du kannst was daraus machen."

Armand warf sich stolz in die Brust. Wie konnte der Maler auch nur ahnen, dass neben ihm ein Mann stand, sein Schulkamerad, der mit denselben Händen unlängst einen Mord begangen hatte und dessen Organismus seit dieser Tat eine Art Metamorphose durchmachte. Ein Mann, den seit jenem Tag Angst und Hirngespinste verfolgten. Angst davor, dass seine Tat ans Tageslicht kommen und gesühnt würde, und Hirngespinste, die ihn immer wieder aufs Neue mit dem Schreckensbild der Leiche quälten. Ein Mann, der seitdem ein nervöses Temperament und einen künstlerischen Sinn von seltsamer Klarheit entwickelt hatte. Ein Mann, dessen einst linkische Bilder plötzlich eine eigene Handschrift bekommen hatten, weil sie auf einmal seiner Seele entsprangen.

„Ich hätte nur eines anzumerken, wenn du erlaubst", räumte der Maler ein, nachdem er die Bilder ein weiteres Mal betrachtet hatte.

„Alle diese Köpfe ähneln einander, wenn du verstehst, was ich meine. Du musst etwas Abwechslung hineinbringen, wenn du was daraus machen willst … So, nun muss ich aber los. War schön, dich wiedergetroffen zu haben. Vielleicht wiederholen wir das noch einmal. Ich weiß ja jetzt, wo ich dich finden kann." Mit diesen Worten verließ er leichtfüßig das Atelier und ließ Armand an seiner Staffelei zurück, dessen Gesicht sich mit Blässe überzogen hatte. Das Blut klopfte ihm in den Schläfen, als er nun mit kritischerem Blick erneut seine Bilder abschätzte. Der kalte

Schweiß lief ihm den Rücken hinunter, als ihm die verhängnisvolle Ähnlichkeit mit einem Mal auffiel. Jedes dieser Gesichter trug den Zug des Ertränkten. In allen Augenpaaren spiegelte sich das Entsetzen der grausigen Tat. Das Bild bei der Identifizierung von Clemens' Leiche hatte sich so tief in Armands Kopf eingegraben, dass es sich auf seine projiziert hatte, die die Züge dieses furchtbar entstellten Gesichtes immer wieder ausmalte.

Armand verlor keine Sekunde, als er dessen plötzlich gewahr wurde. Kurzerhand klaubte er mit zitternden Händen die Bilder, die ringsherum im Atelier verteilt waren, zusammen. Auch das unfertige Werk auf der Staffelei vergaß er nicht. Er zerstörte alles und steigerte sich dabei in Wut. Er wusste, dass er irre werden würde, wenn er das Atelier nach und nach mit den Bildnissen seines Opfers ausschmücken würde.

Da er unbedingt feststellen musste, ob er noch Herr seiner eigenen Hand war, brachte er eine leere Leinwand auf die Staffelei und skizzierte mit wenigen Strichen ein Gesicht in Kohle. Das Gesicht ähnelte den anderen. Er zwang sich, die Kohle mit ruhiger Hand behutsam zu führen. Das Ergebnis war jedoch das gleiche. Daraufhin entwarf er Karikaturen, übertrieb die charakteristischen Züge, erfand groteske Köpfe und zeichnete schließlich sogar Tierköpfe. Doch alles, was er zustande brachte, trug dieselbe Handschrift. Die Ähnlichkeit mit dem Opfer war nicht von der Hand zu weisen.

Mit Entsetzen betrachtete Armand seine Hände, die verhängnisvollen Finger, die jetzt diese furchtbare Fähigkeit besaßen. Es war ihm, als ob sie ihm nicht mehr gehörten.

Das Schicksal in der Taubergasse nahm seinen Lauf. Die Verschlechterung des körperlichen Zustandes von Frau Weberknecht trat praktisch über Nacht ein. Die Lähmung packte sie plötzlich und mit aller Macht, machte ihren ohnehin geschwächten Körper starr und steif und ihre Zunge schwer wie Blei. Mit Unbeweglichkeit und Stummheit war sie gepeinigt. Es geschah, als sie eines Abends die Regeln des Binokelspiels diskutierten, weshalb es neuerlich Meinungsverschiedenheiten gegeben hatte. Hilflos sprangen Armand und Lydia auf, überhäuften die arme Frau mit Fragen nach der Ursache ihrer Qual, auf die sie ihnen nicht antworten konnte. Stattdessen starrte sie sie mit aufgerissenen Augen an, aus denen tiefstes Entsetzen sprach. Vorbei schienen nun die Abende, an denen das sanfte Geplauder der alten Dame die angespannten Nerven des Paares beruhigte. Wo deren Heiterkeit sie von ihren düsteren Gedanken und gegenseitigen Schuldzuweisungen ablenkte. Wo geschäftliche Dinge besprochen und so der Zeitpunkt hinausgeschoben wurde, sich ins Schlafzimmer zurückzuziehen, wo die leidenschaftlichen Umarmungen einem sexuellen Kraftakt gewichen waren, dem Schlaflosigkeit und Halluzinationen folgten.

Jetzt lag Frau Weberknecht wie ein Paket in ihrem Rollstuhl. Die Hoffnung, dass der Spuk, so unvermittelt wie er begonnen hatte, wieder vorbeiging und die Lähmung nur vorübergehend sei, erfüllte sich für das Paar nicht. Wenngleich die Augen auch lebhaft waren, die fahlen Wangen und der Mund wirkten wie versteinert, verharrten in Unbeweglichkeit. Selbst die Ärzte zeigten sich ratlos angesichts dieser gravierenden Verschlechterung. In ihrem hilflosen Zustand war Frau Weberknecht nun umso mehr auf die Pflege Lydias und Armands angewiesen. Da stand es gar nicht zur Debatte, sich noch öfter ins Atelier zu flüchten, wollte er die Spannungen nicht noch vergrößern.

Trotz Unterstützung eines mobilen Pflegedienstes blieb für die jungen Leute noch genug zu tun, denn Frau Weberknecht ertrug es nur schwer, sich von Fremden anfassen zu lassen. Und so war es häufig Lydia, die sie wusch und ankleidete. Sie gab ihr auch zu essen und ließ sie dann allein, um ins Antiquariat hinunterzugehen. Immer wieder kam sie jedoch herauf, um sich zu vergewissern, dass die alte Dame nichts brauchte. Im Grunde ihres Herzens sah Lydia das Ende ihrer Ziehmutter nicht mehr fern. Dann hätte sich die Sache mit der Pflege sowieso erledigt. Sie würde das Haus allein mit Armand teilen, dem Mörder ihres Mannes, der es sich dann verdammt bequem machen würde im gemachten Nest. Was würde passieren, wenn sie beide völlig unbeobachtet wären? Wenn sie allein waren mit sich und dem lebendigen Geist, der nicht aufhörte, in ihren Köpfen herumzuspuken, der sie vor allem nachts heimsuchte und das schlechte Gewissen weckte?

Auf das Kartenspielen an den Freitagabenden wurde jedoch auch jetzt nicht verzichtet. Es war wie ein Zwang, dieses Festhalten an der alten Gewohnheit, der letzte Strohhalm, an den man sich klammerte, um diesen Brauch zu wahren.

Man schob den Rollstuhl an den großen ovalen Tisch, und da saß sie dann, mit großen Augen in die Runde blickend. Anfangs zeigten sich vor allem Kronberg und Diefenbach befangen und irritiert durch den Anblick ihrer armen Freundin. Doch bald half auch hier die Macht der Gewohnheit, und ihr Mitleid und der Kummer um sie wich einer Art stiller Akzeptanz ihres Zustandes, und man beschloss, nicht allzu viel Betrübnis an den Tag zu legen.

„Wir machen das Beste aus der Situation, wenn wir unsere liebe Freundin so normal wie möglich behandeln", tönte Kronberg.

„Genau", pflichtete ihm Diefenbach sofort bei, „das erspart ihr und uns Peinlichkeiten und lockert die Atmosphäre auf."

Und so führten sie ihre Gespräche über den Tisch hinweg mit der gelähmten Frau, so wie ein kleines Mädchen etwa mit seiner Puppe spricht. Auf diese Weise glaubten die Gäste, besonders taktvoll zu sein, und sparten sich überdies ihre Mitleidsbekundungen. Die arme Frau Weberknecht, die zwar dem Leben noch beiwohnte, jedoch nicht mehr aktiv daran teilnehmen konnte, war auf ein mitleiderregendes Geschöpf reduziert worden. Obgleich sie deutlich hören und klar sehen konnte, sah sie sich in einem versteinerten Körper gefangen und konnte sich weder durch Stimme noch Gebärde verständlich machen.

Einzig allein durch ihre Augen gelang es ihr, zu bitten und zu danken, sanft zu lächeln oder Unmut zu äußern.

„ER IST WIE EIN LÄSTIGER BLUTEGEL, ER VERFOLGT MICH!"

Er steht am Ufer und blickt auf die sanft dahintreibende Itz. Das Licht des Vollmondes spiegelt sich auf der schillernden Wasseroberfläche. In einer nahegelegenen Senke gewahrt er sumpfiges Wasser mit Schilf und Röhricht. Auf der anderen Seite des Flusses werfen Bäume schwarze Schatten auf das Wasser. Er erblickt das verrottete Wrack eines Bootes, das halb aus dem Wasser ragt und vor sich hin dümpelt. Die Wolke, die sich gerade noch vor den Mond geschoben hat, zieht weiter, und der Schiffsrumpf wird augenblicklich erhellt. Mit ungläubig aufgerissenen Augen erkennt der Mörder sein Opfer aus dem Rumpf des Schiffes emporsteigen, das bläulich aufgedunsene Gesicht zu einer irren Fratze verzerrt. Die dünnen Arme strecken sich ihm in einer hilflosen Geste entgegen. Der Geist des Ertränkten schwebt über das Wasser hinweg auf ihn zu. Das Herz klopft ihm so stark, dass es ihm fast die Brust sprengt. Er will weg von diesem grausigen Ort, doch seine Füße sind wie einbetoniert ins Erdreich.

Als Armand mit einem Schrei des Entsetzens aus seinem Traum erwachte, war sein Körper in Schweiß gebadet.

„Deine Angstattacken rauben mir die Nerven", beklagte sich Lydia, die sich wieder einmal unsanft aus dem Schlaf gerissen sah. Ihr Körper zitterte, und sie fühlte sich wie überfahren.

„Er ist wie ein lästiger Blutegel, er verfolgt mich! Ich werde ihn einfach nicht los! Du könntest schon ein wenig mehr Verständnis aufbringen, schließlich habe ich es für uns …, nein, eigentlich für *dich* getan. Dass du so einen ruhigen Schlaf hast, zeigt nur, wie abgebrüht du bist!"

„Wage nicht, so zu sprechen, oder ich fange an, das alles hier zu bereuen", entgegnete sie und fühlte, wie der Zorn in ihr hochstieg. Ihre Augen waren vorwurfsvoll auf ihn geheftet.

„Wozu haben wir uns nur treiben lassen? Vorher lief wenigstens alles in geordneten Bahnen, jetzt ist nur noch Chaos. Es wird noch alles damit enden, dass wir alles beichten. Es wird wie ein Ventil sein, das geöffnet wird, und man kann wieder durchatmen."

„Wage es, irgendetwas zu behaupten, und ich verspreche dir, es wird ein weiteres Schicksal zu beklagen geben, und zwar dein eigenes!"

Er war ihr so nahe, dass sie seinen heißen Atem auf ihren fahlen Wangen spürte.

Seine schwarzen Augen funkelten sie drohend an, als er sie bei den Haaren fasste und ihren Kopf nach hinten bog.

„Ich würde dich eigenhändig erwürgen!"

Sie stritten immer häufiger. Um Kleinigkeiten, wegen Belanglosigkeiten. Es passte ihr nicht, wenn er in sein Atelier ging, und er ging immer öfter und blieb dann über Stunden weg. Im Geschäft zeigte er sich dafür immer seltener, und war er ausnahmsweise einmal präsent, schlurfte er missmutig auf und ab, ständig auf die Uhr schauend. Es kümmerte ihn schon gar nicht mehr, dass er damit ganz offen zeigte, dass sein anfängliches Interesse nur geheuchelt war. Mit dem Erwerb des Ateliers war selbst sein gespieltes Interesse am Geschäft schneller verpufft, als er es selbst wahrhaben wollte.

Dann kam es zu einem Streit, aufgrund dessen die leidgeprüfte Frau Weberknecht aufs Ärgste verletzt wurde.

Armand kehrt an jenem Nachmittag früher als gewöhnlich in die Taubergasse zurück. Schuld daran sind seine gescheiterten Versuche, etwas auf die Leinwand zu bringen, was nicht auf die frustrierende Ähnlichkeit zu Clemens schließen lässt.

Die Stimmung ist also auf dem Nullpunkt. Ein paar ältere Herrschaften liebäugeln mit den einen oder anderen ausgestellten Objekten; Lydia vermutet, dass es sich um Touristen handelt. Sie stöbern in Münzalben, begutachten altes Porzellan und blättern in Briefmarkensammlungen.

Armand taxiert die Interessenten mit zusammengekniffenen Augen, definiert sie als Leute mittleren Einkommens, die sich vielleicht aus besonderem Anlass einen besonderen Luxus im Rahmen ihrer bescheidenen Möglichkeiten leisten möchten. Seine Frau parliert eifrig mit einem Mann mittleren Alters. Sie lächelt ihn kokett an, wobei sie eine rote Haarsträhne um ihren hellhäutigen Finger zwirbelt. Die beiden scheinen so angeregt in ein

Gespräch vertieft, dass Lydia zunächst gar nicht bemerkt, dass sie von ihrem Mann taxiert wird. Erst als Armand sich ihnen nähert, wird sie sich seiner Präsenz bewusst, errötet und lächelt ihn, wie ihm scheint, devot und mit jener unverbindlichen Hinterhältigkeit an, wie sie manchen Arbeitgebern eigen ist, die von ihren Mitarbeitern keine hohe Meinung haben.

„Wen haben wir denn da …? Darf ich vorstellen, mein Mann!"

Der Kunde dreht Armand mit gelangweilter Arroganz das Gesicht zu. Ein unsympathischer Bursche, durchfährt es Armand. Diese dünnen, farblosen Lippen und flinken kleinen Augen …

„Stell dir vor, Armand, der Herr möchte unseren antiken Sekretär erwerben. Das ist übrigens Herr von Crombach. Er verbringt zurzeit seinen Urlaub im Nachbarort. Ich habe ihn auf ein Gläschen zu uns eingeladen."

Lydia hat noch nie einen Kunden auf ein Gläschen eingeladen. Tat sie es jetzt aus Berechnung, weil sie wieder einmal etwas an ihm auszusetzen hatte? Wollte sie ihn, Armand, damit reizen oder sein Ego ankratzen? Oder war es ihrem Geschäftssinn zuzuschreiben? – Einerlei, Armand mag den Kerl nicht, er reizt ihn mit seiner unterkühlten Arroganz.

„Geniale Idee", presst er hinter zusammengebissenen Zähnen hervor. Er ermahnt sich zur Ruhe, und doch beginnt er zu schwitzen und hört das Rauschen seines Blutes in den Ohren. Und da sich die beiden bereits wieder in ihr Gespräch vertieft haben und er nicht wie ein Dummkopf dastehen will, dreht er sich auf dem Absatz um und verlässt den Laden wieder.

„ICH WARNE DICH, ÜBERSPANN DEN BOGEN NICHT"

An jenem Abend schließt Lydia das Geschäft später als gewöhnlich. Sie findet Armand und Frau Weberknecht im Wohnzimmer vor. Armand hat getrunken, sie sieht es ihm sofort an. Wie viel, das kann sie nur vermuten, die Flasche Cognac auf dem Tisch spricht für sich, und sein Gesicht ist mit Röte überzogen. Die Augen ihrer

Ziehmutter erstrahlen in Freude, als Lydia ins Zimmer kommt. Seit ihre starren Lippen kaum mehr lächeln können, lächelt sie in fast anbetungswürdiger Zärtlichkeit mit ihren Augen, die erstaunlich klar und rege sind. Für ihre Kinder legt sie so ihre Dankbarkeit und Liebe in einen einzigen Blick.

„Musstest du es ihm noch besorgen dafür, dass er den verdammten Sekretär kauft? In dieser Hinsicht hast du dir ja allerhand Übung verschafft! Vergiss nicht, wer es dir beigebracht hat!" Ein dünner Film von Schweiß überzieht seine Stirn und die Röte in seinem Gesicht nimmt an Intensität zu.

„Du bist ja betrunken", erwidert sie verächtlich und will die Flasche vom Tisch nehmen. Doch mit der Behändigkeit einer Katze, die man ihm in seinem Zustand nicht zugetraut hätte, greift er ihr Handgelenk und reißt den Seelentröster an sich. Frau Weberknecht, stumme Zeugin dieser Auseinandersetzung, reißt in völligem Unverständnis die nun angsterfüllten Augen auf.

„Ich warne dich, überspann den Bogen nicht. Ich weiß genau, dass die Geschäfte hier nicht mehr ohne Gegenleistung vonstattengehen. Sollte ich dich eines Tages dabei erwischen, werde ich dir mit deinem Schal die Luft abdrehen und dafür sorgen, dass du die Radieschen von unten betrachten kannst, verlass dich darauf!"

„Dass in dir ein Wolf im Schafspelz, ein Mörder steckt, hast du ja zweifelsfrei bewiesen. Warum solltest du jetzt auch zimperlich sein und vor einem zweiten Mal zurückschrecken ..."

„Du scheinst immer wieder zu vergessen, meine Liebe, wer mich dazu animiert hat. Wer war es denn, der mir ständig in den Ohren hing, dass unser guter Clemens nichts als ein Versager, ein Hindernis sei! Dass sein Anblick, wenn er neben dir im Bett läge, nichts als kalte Schauer und ein Gefühl des Ekels hervorriefe! Dass du es leid seiest, die spärlich gesäten Haare, die bleifarbene Haut und den dürren faltigen Hals zu betrachten, wenn er neben dir schnarcht, den Mund zu einer einfältigen selbstgefälligen Grimasse verzogen! Nein, an diesem Befreiungsschlag warst du genauso beteiligt wie ich, ich war nur die *Exekutive*. Du jedoch als treibende Kraft warst dabei, hast alles gesehen, alles gutgeheißen ..."

Er ist während des Geständnisses aufgestanden und steht nun dicht bei ihr. Zorn und Alkohol haben seine Sinne so benebelt, dass er sich der Anwesenheit Frau Weberknechts gar nicht bewusst ist, die alles mit angehört hat. Wie Schuppen fällt der leidgeprüften Frau die Erkenntnis von den Augen, dass sie und ihr Sohn Opfer eines niederträchtigen Komplottes geworden sind. Mit einem Schlag begreift sie alles.

Ein furchtbares Zucken durchlief ihr Gesicht, und sie erlitt eine solche Erschütterung, dass Lydia glaubte, sie würde jeden Moment aufstehen und schreien. Doch sie fiel in das Gefängnis ihrer Starre zurück. Die sanften Augen waren nun dunkel und hart wie Metall. Die furchtbare Wahrheit hatte diese Augen wie ein Blitz verbrannt und traf die Frau mit dem Prall eines Donnerschlages. Wäre sie jetzt in der Lage gewesen aufzustehen, einen Schrei des Entsetzens auszustoßen und die Mörder ihres Sohnes verfluchen zu können, würde sie weniger gelitten haben. Doch so musste sie den Schmerz in sich bergen. Sie fühlte sich wie festgenagelt und geknebelt in ihrem Rollstuhl.

Angst und Entsetzen spiegelten sich in ihren Augen, rasten durch ihren Körper und fanden keinen Ausweg. Vergeblich ihre Anstrengungen, der Sturmflut ihrer Verzweiflung Luft zu verschaffen. In den Fesseln ihres eigenen Leibes spürte sie eine grenzenlose Ohnmacht, ihre Kehle war wie zugeschnürt, die Zunge klebte ihr kalt am Gaumen. Schrecklich waren die Auswirkungen auf das Gemüt der alten Dame. Ihr ganzes Leben schien ihr mit einem Schlag zertrümmert, alle ihre Liebe, Güte, Hingabe umsonst, mit Füßen getreten. Alles Lüge, Heuchelei, Verbrechen, klang es höhnisch in ihren Ohren. Die Augen starrten in hilflosem Unverständnis auf den grünen Kaschmirschal Lydias, die dastand wie zur Salzsäule erstarrt. Es war, als zerrisse gerade ein Schleier und zeigte hinter der heuchlerischen Freundlichkeit und Zuwendung ein Schauspiel aus Blut und Schande. Clemens war durch Armands Hände und Lydias Billigung und Verführung getötet worden. In der Verwerflichkeit ihrer heimlichen Affäre musste das Paar seinen Plan ausgeheckt und zielstrebig in die Tat umgesetzt haben. Das gemachte Nest,

Frau Weberknechts finanzielle Mittel hatten Armand in die Lage versetzt, seinen Job zu kündigen. Auf ihre Kosten hatte er sich ein Atelier gemietet, wo er weiß Gott was treiben mochte, und hatte es sich ansonsten in der Taubergasse gemütlich gemacht, nachdem er den lästigen Störenfried aus dem Nest geworfen und sich dessen Frau geangelt hatte, die ihm den Rücken freihielt.

Wie Geistesblitze kamen Frau Weberknecht mit einem Mal Erinnerungen an kleine Umstände, die sie seinerzeit stutzig gemacht hatten. Beispielsweise, wenn Armand und Lydia gemeinsam längere Zeit abwesend waren.

Rachegedanken stiegen in ihr hoch, die ihr sanftes Wesen mit einem Schlag wandelten, ihre Güte unwiederbringlich verjagten. Tränen des Zornes und Schmerzes liefen über ihr blasses Gesicht, das doch nur noch mit den Augen schluchzen konnte.

„Wir müssen sie ins Bett bringen", stammelt sie, das Gesicht aschfahl vor Schreck.

Armand, eben noch wutentbrannt und angetrunken, ist mit einem Schlag nüchtern, nimmt die alte Dame in seine Arme und trägt sie hinüber in ihr Schlafzimmer. Ihr stummes Stoßgebet, dass die Kraft in ihren Körper zurückkehren möge, erfüllt sich nicht, und so muss sie die Schamlosigkeit dieses Mannes über sich ergehen lassen, dessen Hände schuld am Tod ihres Sohnes sind. Schlaff und halb ohnmächtig hängt sie in seinen Armen, der Kopf rollt ihr auf Armands Schulter, und ihre Augen starren ihn hasserfüllt an. Er kann ihrem Blick nicht standhalten und wirft sie unsanft auf das Bett. Dann beugt er sich zu ihr herab, und als er zu ihr spricht, sind seine Worte fast ein Flüstern.

„Sieh mich ruhig an, mit deinen Augen wirst du mir nie etwas beweisen können!"

Findest du es ratsam, sie beim Kartenspielen dabeizuhaben? In ihrer augenblicklichen Verfassung könnte sie doch einen Wink geben oder Aufsehen erregen, das die anderen misstrauisch machen könnte."

Lydia streicht sich das schwarze Kleid über den Hüften glatt und begutachtet die rote Lockenpracht. Ihre Augen treffen sich im Spiegel.

„Sie kann ja zurzeit nicht einmal den kleinen Finger bewegen, was soll sie da schon groß verkünden?", entgegnet Armand ungerührt.

„Sie findet vielleicht eine Möglichkeit, sich verständlich zu machen. Irgendwie lese ich in ihren Augen einen unerbittlichen Gedanken ..."

„Schwachsinn", schneidet er ihr ungehalten das Wort ab, „du hast doch gehört, was dieser Dr. Pirot gesagt hat, der sie neulich durchgecheckt hat. Die ist im Moment so hilflos wie ein Fisch auf dem Trockenen. Falls sie wieder sprechen sollte, dann das Requiem für ihren Tod. Also, was spricht dagegen, sie mitspielen zu lassen ... Sie kann uns nichts anhaben!"

„Es ist einfach grotesk", gibt sie zurück und dreht sich zu ihm um.

„Ich dachte, wir lassen sie erst einmal in ihrem Schlafzimmer und sagen den anderen, sie sei unpässlich."

„Geniale Idee", spottet er verächtlich, „und ihr treuer Freund Diefenbach kommt dann seine Freundin hier oben besuchen, und sie steckt ihm womöglich irgendetwas. Mensch, das kann uns in eine pikante Situation bringen, das muss doch auch in *deinem* Oberstübchen ankommen!"

Er versucht, mit ruhiger Stimme zu sprechen, aber seine Nerven sind gespannt, und es fällt ihm schwer, einen selbstsicheren Ton anzuschlagen.

„Wir lassen den Dingen einfach ihren Lauf. Diese Leute, die da gleich eintrudeln werden, haben das Hirn einer Erbse. Sie werden sich von dem Gemütszustand deiner Ziehmutter nicht lange, wenn überhaupt, beeindrucken lassen. Und von der Wahrheit sind sie nun doch allzu weit entfernt. Mann, die wollen spielen, Spaß haben und ein gutes Tröpfchen trinken, das ist alles."

Als Diefenbach, sein Sohn Eric mit Frau und Kronberg gegen zwanzig Uhr in der Taubergasse eintrafen, hatten Armand und Lydia Frau Weberknecht bereits in ihrem Rollstuhl in der Nähe ihres geliebten Kachelofens an den ovalen Tisch platziert. Das Paar zeigte sich in bester Laune, und doch verbargen sie heimliche Angstschauer.

Die Gäste fingen bald eine rege Unterhaltung an, die stets der ersten Partie Binokel voranging. Kronberg und Diefenbach erkundigten sich höflich nach dem gesundheitlichen Befinden ihrer Freundin, wobei sie die üblichen rhetorischen Fragen stellten. Natürlich fiel ihnen auf, dass sich der Zustand Frau Weberknechts einmal mehr verschlechtert hatte, doch da ihr Mitleid zu keinerlei Verbesserung der Lage führen würde, dessen waren sich alle einig, ging man lieber gleich zur Tagesordnung über. Mit aufgesetzter Fröhlichkeit stürzten sie sich in die erste Partie des urschwäbischen Kartenspiels.

Seit Frau Weberknecht das grausige Geheimnis mit Armand und ihrer Ziehtochter teilte, wurde sie nur noch von einem einzigen Gedanken getrieben. Sie versuchte, alle ihre Kräfte zu mobilisieren, um die Mörder zu entlarven. Heiße Freude stieg in ihr hoch, als sie sich inmitten der Freunde befand und völlig von dem Gedanken an die Rache für ihren toten Sohn beherrscht wurde. In dem Bewusstsein, dass sie auf unabsehbare Zeit keinen großen Gebrauch von ihrer Zunge würde machen können, versuchte sie es auf anderem Wege. Durch ihre eiserne Willenskraft gelang es ihr, die rechte Hand auf den Tisch zu schieben und die Finger zaghaft zu bewegen. Diefenbach war gerade in der ersten Spielphase dabei, den *Dapp* aufzunehmen und die Trumpffarbe anzusagen, als ihm das Wort in der Kehle stecken blieb. Nach einem Bruchteil von Sekunden fand er seine Sprache wieder.

„Schau nur, Lydia", rief er aufgeregt, „unsere Freundin kann ihre Finger schon wieder bewegen ... Wie schön ... Bestimmt will sie uns etwas sagen!"

„Oh mein Gott, tatsächlich", pflichtete nun auch Kronberg bei, und Viola stand eilig auf und legte der alten Dame behutsam die Arme um die schmalen Schultern.

„Bestimmt möchte sie mitspielen, oder sie möchte etwas."

Frau Weberknecht streckte einen Finger aus, krümmte die anderen und fing an, auf der Tischplatte Buchstaben zu ziehen.

Mit aschfahlen Gesichtern starrten Armand und Lydia auf die Hand, die Rächerhand, die sie vielleicht verraten könnte.

„Nur zu, schreibe, liebe Freundin", ermutigte Diefenbach die alte Dame, und Eric und Viola neigten sich gespannt zu ihr herüber. Alle Augenpaare blickten auf die Tischplatte, bemüht zu entziffern, was diese Hand zu schreiben versuchte.

„Ich hab's!", rief der sonst relativ wortkarge Eric plötzlich in die Runde.

„Sie hat *Lydia* geschrieben … Los, weiter …"

Frau Weberknecht schrieb, jedoch jetzt mühsamer und langsamer.

„Ausgezeichnet, ich kann es eindeutig entziffern", fuhr Eric fort. Auf seinen Wangen hatten sich vor Aufregung rote Flecken gebildet. Sein Blick schweifte zu Armand und Lydia.

„Sie schreibt eure Namen, *Lydia und Armand*."

Armand hätte Eric dafür gern den Hals umgedreht. Frau Weberknecht machte bejahende Zeichen und sah Armand und Lydia dabei mit wilden Blicken an. Verzweifelt und hilflos rollte sie die Augäpfel. Sie merkte, dass die Finger zusehends ihren Dienst versagten, unbeweglicher wurden und die Lähmung unbarmherzig ihren Arm herunterlief und die kraftlose Hand befiel. Unter großer Anstrengung schrieb sie weiter.

„*Lydia und Armand haben …*", las Diefenbach laut weiter.

Mit verstörten Augen betrachteten Armand und Lydia die Hand, die versuchte, ihre Namen und das Geständnis des Verbrechens zu schreiben. Doch plötzlich sank sie wie ein Häufchen toten Fleisches in den Schoß der alten Dame zurück. Die Lähmung hatte die Strafe auf ihrem Wege aufgehalten.

Während Diefenbach und sein Sohn enttäuscht auf ihre Stühle zurücksanken, schoss Armand vor Erleichterung das Blut in die Wangen. Kronberg, der seine Unfehlbarkeit unter Beweis stellen wollte, beendete den angefangenen Satz eigenmächtig.

„Ist doch eindeutig, was sie uns mitzuteilen versucht", stellte er klar, als hätte er es mit einer Reihe von Begriffsstutzigen zu tun, „ich lese es ihr sogar von den Augen ab. Sie möchte uns sagen, *Lydia und Armand haben mich gut gepflegt.*"

Da waren nun alle seiner Meinung. Und so griffen sie erneut ihre Karten auf, um die angefangene Partie zu Ende zu bringen.

In stummer Verzweiflung starrte Frau Weberknecht auf ihre treulose Hand, die ihr den Dienst verweigert hatte. Schwer wie Blei lag sie in ihrem Schoß. Wenn nicht ein kleines Wunder geschähe, würde das Verbrechen an Clemens ungesühnt bleiben.

„LASS MICH DEINE VERBLASSTEN ERINNERUNGEN MAL ETWAS AUFFRISCHEN"

„Der Wein schmeckt furchtbar, er ist viel zu kalt. Rotwein braucht eine gewisse Temperatur, um sein Bouquet zu entfalten, will dir das nicht in deinen hübschen Kopf? Schmeckt wie Flusswasser..."

Da war es, das Stichwort. Sie blickt ihn mit entsetzten Augen an, ihn, den sie zu lieben und begehren glaubte. Sie erblasst, und ihre Augen füllen sich mit Tränen.

„Was denn, habe ich schon wieder etwas Falsches gesagt? Mein Gott, bist du empfindlich geworden. Hätte ich gar nicht gedacht." Armands Mundwinkel zucken spöttisch. Die Zunge ist ihm schwer, es ist nicht das erste Glas, das er kippt.

„*Du* hast ihn umgebracht und *du* musst mich ständig mit irgendeiner Anspielung daran erinnern. Das ertrage ich nicht!"

„Das ist nur die halbe Wahrheit, du Unschuldsengel, denn ich warf ihn in die Itz, weil es unser gemeinsamer Plan war, uns seiner zu entledigen, und du hast mich angestiftet, schon vergessen?"

„Ich?!"

„Ja, *du*! Hör schon auf damit, immer wieder die Unschuld vom Lande zu spielen; die warst du vielleicht einmal, als du noch mit diesem halben Hahn liiert warst. Jetzt ist es Zeit, dass auch du Farbe bekennst und deinen Teil an dieser Tat auf dich nimmst, so wie ich auch!"

„Habe *ich* Clemens etwa wie eine räudige Katze ertränkt?"

Armand erhebt sich mit flammenden Wangen vom Tisch und beugt sich zu der jungen Frau. Sie riecht seinen alkoholgeschwängerten Atem und verzieht angewidert das Gesicht. Er packt sie bei ihrem grünen Schal und bringt ihr bleiches Gesicht dem seinen so nahe, dass ihre Lippen sich beinahe berührten.

„Lass mich deine verblassten Erinnerungen mal etwas auffrischen, meine Liebe.

Du standest am Ufer, und ich flüsterte dir ins Ohr: *Ich werde ihn in den gottverdammten Fluss werfen.* Du hast mitgespielt und bist zu mir ins Boot gestiegen … Also hast du ihn genauso auf dem Gewissen!"

„Das ist nicht wahr … Ich habe ihn niemals töten wollen. Du allein hast ihn umgebracht, das sind nun mal die reinen Tatsachen!"

Er hätte sie dafür erwürgen können, um ihr das Bekenntnis abzuringen, die treibende Kraft für seine Handlung gewesen zu sein.

„Ich erinnere mich noch, als sei es gestern gewesen, als du bei mir in der Jacquingasse wie eine Dirne heraufgeschlichen kamst. Du hast mich mit deinen Verführungskünsten wahnsinnig gemacht und doch nur in mir das geeignete Werkzeug gesehen, dich von deinem kränklichen Mann zu befreien, ohne dir dabei selbst die Hände schmutzig machen zu müssen. Er riecht nach Krankheit und ekelt mich an, sagtest du unter deinen heißen Küssen. Ich will gar nicht abstreiten, dass ich nie ein Kind der Traurigkeit gewesen bin, aber bevor ich dich kennengelernt habe, verlief mein Leben wenigstens einigermaßen in geordneten Bahnen. Jedenfalls habe ich mit Mord und Totschlag nie etwas zu tun gehabt. Das hat sich erst durch dich geändert. Also reize mich nicht noch mehr. Wie eine Liebeshungrige hast du dich mir doch in eurem muffigen Schlafzimmer angeboten. Hast mich mit deiner ungezügelten Wollust scharf gemacht, bis mir die Sinne schwanden. Gib doch zu, dass dies alles nicht ohne Berechnung geschah, um dich von diesem Schlappschwanz zu befreien. Es ist feige, deinen Anteil an dem Verbrechen zu leugnen. Du weißt, dass du ebenso schuldig bist wie ich. Warum versuchst du immer wieder, *meine* Schuld zu vergrößern? Wärst du so unschuldig, wie du behauptest, hättest du mich vielleicht nicht einmal geheiratet, seien wir mal ehrlich! Willst du es tatsächlich auf eine Untersuchung ankommen lassen? Ich könnte dem Staatsanwalt alles gestehen, und du wirst sehen, du wirst genauso verurteilt werden wie ich."

Ihr Gesicht ist totenbleich.

„Mich wird man vielleicht auch für schuldig erklären, aber Gott und Clemens wissen, dass du es allein getan hast, mit deinen eigenen Händen. Warum sonst wirst du Nacht für Nacht gequält!"

Während des Schlagabtausches fliegen Frau Weberknechts Augen wie ein Tennisball zwischen dem streitenden Paar hin und her. Der Streit konfrontiert sie nach und nach mit Details der grausigen Tat. So sitzt sie in ihrem Rollstuhl, das Herz schlägt ihr so heftig, dass es ihr fast den Brustkorb sprengt, während die bleischweren Hände in ihrem Schoß liegen. Ihr Kopf ist erhaben, ihr Gesicht unbeweglich. Die Augen, dunkel vor Zorn, heften sich mit durchdringender Festigkeit auf die beiden Menschen, für die sie vor kurzer Zeit noch große Zuneigung empfunden hatte. Ihr Martyrium ist furchtbar.

„DU BIST EIN UNGEHEUER!"

Verbale Schlagabtausche dieser Art fanden nun fast täglich statt und endeten nicht selten in Handgreiflichkeiten seitens Armands, je nachdem, wie viel Alkohol er bereits konsumiert hatte. Sie nutzten Frau Weberknechts hilflose Lage schamlos aus, nahmen bei ihren Wortgefechten keinerlei Rücksicht auf die Gefühle der Gelähmten. Sie wussten beide, dass sie ihnen nicht gefährlich werden konnte, umso mehr ließen sie nun ihren eigenen Gefühlen freien Lauf.

Armands Zuflucht blieb nach wie vor das Atelier in der Köhlgasse, doch brachte die Malerei ihm nicht den gewünschten Erfolg. Stattdessen griff er mit angespannten Nerven immer häufiger zum Whisky. Er gewann langsam, aber sicher den Eindruck, als sei seine mörderische Hand seit jenem schwülen Sommertag, als Clemens' Schicksal besiegelt worden war, so talentlos und bleischwer wie die der armen Frau Weberknecht nach dem Schlaganfall. In seiner durch den Alkohol hervorgerufenen geistigen Verwirrtheit meinte er, eine schicksalhafte Parallele zu dem Zu stand der alten Dame zu sehen.

Lydia indes verbrachte wieder die meiste Zeit im Geschäft, wo sie sich tröstende Gedanken und Ablenkung durch Gespräche mit den Interessenten erhoffte. Doch seit ihre Ziehmutter nicht mehr an ihrer Seite sein konnte, blieb die ohnehin dezimierte Stammkundschaft immer mehr aus. Im Übrigen liefen die Verkäufe zäh. Lydia blieb auf ihren Ausstellungsstücken sitzen. Frustriert und mit ihren quälenden Gedanken alleingelassen, sperrte sie die Ladentür am Nachmittag oft früher als gewöhnlich zu. Worauf sie schuldbewusst die Treppe hinaufhastete und vor Frau Weberknecht in ihrem Rollstuhl atemlos auf die Knie sank, sich in einer gespielten Reueszene erging, mittels derer sie sich erhoffte, Erleichterung zu finden. Dabei flehten ihre tränenüberflutenden Augen um Vergebung und Lossprechung ihrer Schuld. Dabei diente die Gelähmte nur als Beichtstuhl in Form eines Rollstuhls. Verzweifelt suchte die junge Frau nach Worten der Reue, ohne jedoch in der Tiefe ihres Herzens etwas anderes zu empfinden als Feigheit und Furcht.

Wie betäubt durch ihre Reueschwüre, wendete sie sich dann im Antiquariat der Buchführung zu.

Frau Weberknecht bereiteten die künstlichen Tränen und die Schaustellung dieser unechten Reue nur Qualen und ein unvorstellbares Martyrium, denn sie erriet sehr wohl die Selbstsucht, die sich hinter den leeren Worten verbarg. Und doch konnte sie nichts anderes unternehmen, als mit kalten dunklen Augen auf die flammend rote Mähne zu starren, die sich in ihren Schoß ergoss, oder den grünen Schal, ihr Markenzeichen. Mit dem sie sie von ganzem Herzen hätte erwürgen mögen.

Sie konnte nicht vergeben, hatte sich in unversöhnliche Rachegedanken eingesponnen, die durch ihre Ohnmacht immer heftiger wurden. Vernichtende Worte formten sich in ihrer Kehle und blieben dort gnadenlos stecken. Außer einem gelegentlichen Stammeln fanden sie keinen Ausweg.

Bitteren Widerwillen empfand sie bei den Berührungen Lydias, wenn diese sie angekleidete oder wenn Armand sie aus dem Rollstuhl hob und in seinen starken Armen ins Bett trug. Stundenlang fühlte sie die Stellen, dort, wo die Mörder ihres Sohnes sie angefasst hatten, brennen.

Lydias reuevolle Zärtlichkeiten, mit denen sie Frau Weberknecht überschüttete, missfielen Armand und erregten ihn gleichzeitig auf eine seltsame Art. Er fühlte das alte Feuer in seinen Adern brennen. Konnte er es nicht in Schach halten, was wiederum vom Alkoholpegel abhing, zerrte er seine Frau einfach vom Rollstuhl los und ins Schlafzimmer, um sie sich dort gefügig zu machen. Mit der Verzweiflung eines Ertrinkenden versuchte er, sich im Liebesakt Erleichterung zu verschaffen und seinem unterschwelligen Zorn ein Ventil zu bieten. Auf perverse Weise erregte es ihn, die Frau des Mannes zu besitzen, den er eigenhändig ins Jenseits befördert hatte, getrieben vom Willen und der geschickten Manipulation derselben.

Wäre er ehrlich zu sich selbst gewesen, hätte auch er gerne offen seine Reue bekundet, doch diese Verhaltensweise entsprach nicht seiner Natur, und so suchte er seinen Ausweg in Sex, Gewalt und Alkohol.

Je roher Armand mit der Zeit wurde, umso demütiger wurde Lydia. Als diese schließlich sogar anfing, die Tugenden ihres ersten Mannes herauszustellen, trieb ihn das so zur Raserei, dass er einen kräftigen Schluck aus der Flasche nehmen musste, um sein wild gewordenes Gemüt zu besänftigen.

„Wie grausam muss man sein, um sich an einem gutmütigen Menschen zu vergreifen, der keiner Fliege etwas zuleide tut", äußerte sie laut ihre Gedanken.

„Dafür hast du ständig gehöhnt, dass dein kränklicher Gatte den Mund nicht auftun kann, ohne dass irgendein Blödsinn herauskommt!"

„Clemens liebte mich vielleicht auf eine besondere Art, aber er war immer anständig, aufrichtig, respektvoll und jedenfalls nie betrunken. Er hatte einen guten Charakter, was ich von dir nicht behaupten kann!"

„Das hast du nett gesagt, ich bin gerührt. Und weil du so zufrieden und glücklich mit ihm warst, sollte ich ihm Hörner aufsetzen. Mir will das Bild nicht aus dem Kopf, als dein Kopf an meiner Brust lag und du mir zuflüstertest, dir würde übel von dem Geruch und den kalten Fingern dieses armseligen Tropfes. Dass du kräftige Arme und geschickte Finger bräuchtest ..."

„Ich glaube, ich mochte ihn eher wie eine Schwester ihren Bruder, doch wen wundert's, schließlich sind wir quasi wie Geschwister aufgewachsen ... Jedenfalls war er gutmütig und gefällig!"

„Na großartig, wenn er mir heute Nacht im Traum erscheinen sollte, dann mit einem Heiligenschein", gab Armand spöttisch zurück. Seine Stimme sollte herablassend und gleichmütig klingen. Dabei trieb es ihn innerlich zur Weißglut, dass sie ihn plötzlich mit diesem Taugenichts verglich. Seine Hände ballten sich zu Fäusten, und schon liebäugelte er mit der Flasche auf dem Tisch. Sie folgte ihm mit den Augen, als er sie packte und einen kräftigen Schluck nahm.

„Ja, trink nur, zu etwas anderem scheinst du kaum noch fähig zu sein", legte sie noch einmal nach, „deine Arbeit hast du geschmissen, deine Bilder musst du scheinbar den Leuten nachwerfen, und im Laden bringst du auch nichts Gescheites zustande. Stattdessen bist du nur hinter Mutters Geld her, rastest bei jeder Kleinigkeit aus und hängst an der Flasche. – Du bist ein Ungeheuer! Im Vergleich zu dir kannte Clemens nur Zärtlichkeit für mich."

Furchtlos ging sie auf ihn zu und sagte leise: „Um den Preis *deines* Blutes würde ich alles rückgängig machen, wenn es in meiner Macht stünde!"

Das war zu viel für ihn. Blind vor Raserei stürzte Armand sich auf sie, warf sie auf den Boden und zwang sie unter sein Knie. Seine Hand umklammerte Lydias Hals, drückte ihn wie ein Schraubstock. Sie war sich seiner Kraft sehr wohl bewusst, dennoch presste sie auch jetzt noch hervor: „Na los, drück schon zu, darin hast du ja wenigstens Übung!"

Er schlug sie mit der flachen Hand ins Gesicht und fühlte erst Erleichterung, dann Erregung in ihm aufsteigen. Auch sie empfand eine perverse Wollust darin, von ihm geschlagen zu werden. Es war wie ein Heilmittel gegen die Qualen der Reue, Resignation und Enttäuschung, die sie fühlte.

Viele ihrer Zänkereien, die oftmals wegen Kleinigkeiten erst harmlos begannen, endeten mit Handgreiflichkeiten. Seit Lydia angefangen hatte, ihre Gewissensbisse Armand gegenüber laut zu äußern, und nun auch Vergleiche zwischen ihm und seinem Opfer anstellte, wurde er nicht mehr ausschließlich in seinen Träumen vom Gespenst des Toten geplagt, sondern auch tagsüber, wann immer es Lydia in den Sinn kam, sich in Lobeshymnen für Clemens zu ergehen. Das war eine Marter für Armand, denn ihre ständigen Erinnerungen an den Toten machten ihn praktisch wieder lebendig.

„So lass sie doch in Ruhe. Vielleicht wäre es eine Erlösung für uns alle drei, wenn sie nicht mehr da ist!"
Armand blickt seine Frau aus müden, rot geränderten Augen an. Mit wütendem Eifer versucht Lydia, Frau Weberknecht den Kiefer zu öffnen, wie man es bei einem kranken widerspenstigen Tier tut. Doch seit einigen Tagen verweigert die alte Dame die Nahrungsaufnahme. Sie erträgt die Folter nicht mehr, der Armand und Lydia sie aussetzen. Diese Reueschwüre, Umarmungen, die körperliche Pflege und geheuchelten Zärtlichkeiten, alles ist ihr so zuwider, dass sie lieber sterben möchte, als diese Qualen länger zu erdulden. Um ihr Gewissen zu erleichtern, verzichten sie weitestgehend auf den Pflegedienst, wollen sich selber kümmern. Unsere arme Mutter wünscht es so, sie schämt sich, auf fremde Hilfe angewiesen zu sein, erzählen sie überall rund.
Aber jetzt ist Schluss, sie wird in den Hungerstreik treten!
Armand lässt das Verhalten Frau Weberknechts kalt. Ihre Gegenwart nutzt ihm ohnehin nichts mehr. Das Vermögen hat sie ihrer Ziehtochter schon vor dem Schlaganfall überschrieben. Also, wenn sie selber zu sterben wünscht, sieht er keine Notwendigkeit darin, ihr die Mittel dazu zu verweigern.

„Ihre Lebenserhaltung kostet einen enormen Zeitaufwand und Kraft und Nerven."

Die kaltblütige Art dieser Feststellung treibt Frau Weberknecht die Galle hoch, die wie Feuer in ihrer Kehle brennt. Eine weitere Empfindung wird plötzlich in ihr wach. Kann sie es zulassen, dass die beiden nach ihrem selbst herbeigeführten Tod glücklich zusammenleben und ihr Vermögen verprassen, womöglich auch noch das Geschäft in den Ruin bringen? Lieber will sie stumme Zeugin ihrer Selbstzerfleischung, ihrer gegenseitigen Zerstörung sein. Sie muss nur einen langen Atem haben und geduldig darauf warten. Der Alkohol würde über kurz oder lang Armands Verstand zerfressen, ihn zu einer Kurzschlusshandlung treiben.

Der Gedanke an Selbstmord scheint Frau Weberknecht mit einem Mal sinnlos. Sie will die Freude der Rache genießen. Und so schluckt sie das Brot, das Lydia ihr reicht.

Das Verhältnis des Paares wurde zunehmend gespannter. Es hagelte gegenseitige Schuldzuweisungen. Ihre Hemmschwelle sank gegen null und sie debattierten schonungslos immer öfter über Clemens' Ermordung. Sie machten sich das Leben zur Hölle, quälten und peinigten sich, wann immer sie einen geeigneten Vorwand dazu fanden. An Trennung dachten sie beide, doch hielten sie diesen Ausweg für utopisch. Armand erkannte den Grad seiner finanziellen Abhängigkeit. Außerdem fürchtete er, Lydia würde in einem erneuten Anfall von Reue doch noch geständig.

Eine Gewaltspirale hatte sich entwickelt. Auf verbale Grausamkeit folgte die körperliche, bis sie erschöpft einander abreagiert hatten.

Anziehung und Abstoßung gleichermaßen zwang das Paar zugleich zusammen und auseinander. Sie fühlten sich aneinandergekettet wie siamesische Zwillinge, suchten eine neue Art der Befriedigung in den seelischen und körperlichen Grausamkeiten, die sie einander zufügten, die meistens ihrem Höhepunkt beim Liebesakt vorangingen.

Während Armand die meiste Zeit des Tages in seinem Atelier verbrachte, wartete Lydia im Laden auf Kundschaft. Während sie missmutig die Geschäftsbücher durchsah, ergriff sie häufig eine große Niedergeschlagenheit, vor allem, wenn die Kundschaft ausblieb und sie nicht von ihren trüben Gedanken abgelenkt wurde. Stumpfsinnig schweifte ihr Blick durch das Schaufenster nach draußen auf die vorbeiziehenden Menschen und den regen Betrieb in den gegenüberliegenden Läden. Um nicht sterbenstraurig zu werden, fragte sie schließlich Erics Frau Viola, ob sie nicht Lust hätte, ihr nachmittags ab und zu im Geschäft Gesellschaft zu leisten. Diese war von dem Vorschlag ganz angetan. Lydia wusste zwar, dass die blasse junge Frau nicht gerade die geborene Alleinunterhalterin abgab, aber sie würde sie immerhin vor noch größerer Langeweile bewahren. Viola erschien auch prompt auf der Bildfläche, zog sogleich ihre Handarbeit aus der Tasche, und so saßen sie gemeinsam beieinander, tranken Tee und schwatzten belangloses Zeug. So abgelenkt, schenkte Lydia den wenigen Interessenten, die sich noch in den Laden verirrten, ein nur geringes Maß an Aufmerksamkeit. Fast widerstrebend erhob sie sich manchmal, unwillig blätterte sie in Prospekten und Katalogen auf der Suche nach gewünschten Stücken. Wozu der Zeitaufwand, wenn der Kunde am Ende doch nichts kauft, durchfuhr es sie. Wenn Viola sie nicht besuchen konnte, schloss sie das Geschäft immer häufiger schon nachmittags und flüchtete geradezu erleichtert auf einen Spaziergang.

Die pekuniär heikle Situation zwang sie bald, auf das Ersparte zurückzugreifen.

Etwa ein Jahr nach ihrer Heirat mit Armand stellte Lydia fest, dass sie schwanger war. Der Gedanke, unter den gegebenen Umständen in weitere Umstände zu kommen, war ihr unerträglich. Um keinen Preis wollte sie jetzt ein Kind, doch einem Arzt wollte sie sich nicht anvertrauen. Zu sehr scheute sie Fragen und Unverständnis, was ihr vermutlich entgegengebracht werden würde. So sann sie fieberhaft auf eine Lösung des Problems.

Mit Eiseskälte wartete sie auf die Stunde, in der er wieder einmal angetrunken und schlecht gelaunt aus dem Atelier zurückkam, und reizte ihn dann so lange, bis es ihn aus der Reserve lockte und er auf sie einschlug. Doch diesmal forcierte sie ihren Sturz, und als er die Faust gegen sie erhob, hielt sie ihm mit Absicht ihren Leib entgegen. Der stechende Schmerz machte sie fast besinnungslos.

Armand litt unter der Eintönigkeit und der monotonen Regelmäßigkeit seines Tagesablaufs. Fast schon sehnte er sich zurück nach der Zeit im Büro.
Wenn er sich die Zukunft schon nicht so rosig ausmalte wie ursprünglich, so spürte er die Gegenwart mit scheußlicher Bitterkeit. Aus Gewohnheit und Zwang schleppte er sich ins Atelier, und da ihm an der Leinwand nichts gelingen wollte, starrte er verloren nach draußen. Dabei wurden ihm die Glieder schwer wie Blei und er schwelgte in seiner Qual des verkannten Künstlers, der sich berufen fühlt und doch nicht weiterkommt. In seiner finsteren Traurigkeit, den Kopf dumpf vom Schnaps, wälzte er sich auf dem abgewetzten Diwan. Dann und wann riss er sich aus seinen nebeligen Tagträumen und seine Hand griff wieder zu Pinsel und Palette. Doch Disziplin und Ausdauer standen nicht mehr hoch im Kurs bei ihm, was womöglich nie der Fall gewesen war. Nicht selten verbannte er den Farbkasten in eine Ecke, wo er ihn nicht mehr sehen musste. Manchmal nahm das Atelier ihm schier die Luft zum Atmen. Dann verließ er es und irrte ziellos durch die Straßen und Fußgängerzonen, unschlüssig, was er mit seiner Zeit anfangen sollte. Ein unsichtbarer Faden führte ihn immer häufiger hinaus aus der Stadt ins Tal der Itz. Dort schritt er entlang des Ufers vor sich hin, das bezaubernde Wiesental ignorierend. Manchmal meinte er, Schritte hinter sich zu hören, litt er unter Verfolgungswahn? Ein anderes Mal glaubte er, einen toten Körper in einer Uferböschung liegen zu sehen, verfangen im Geäst. Obgleich ihm bewusst war, dass seine Vorstellungen völlig surreal waren, erkannte er immer klarer, dass er, auch wenn er Clemens ins Jenseits befördert hatte, sich

nicht hatte von seinem Geist befreien können. Dass er jetzt, wo er seinen Job gekündigt hatte, unter den Qualen des Nichtstuns litt. Dass der Müßiggang diese Qualen noch verstärkte, indem er ihm die Zeit ließ, über das nachzudenken, was schiefgelaufen war. Plötzlich empfand er das Nichtstun als Strafe. Er machte sich Gedanken über eine neue Beschäftigung, doch es fehlte ihm an der Fähigkeit, diese zu realisieren, denn er unterlag einfach der Last des dumpfen Verhängnisses und immer mehr auch dem Alkohol. Beides schien ihm die Sinne und Glieder zu fesseln.

Die Narbe an seinem Hals erinnerte ihn fortwährend an seinen Kampf mit Clemens und störte ihn nach wie vor. Manchmal gewann er den Eindruck, sie würde größer und auffälliger, anstatt zu verblassen. Zeitweise fühlte er sie brennen oder jucken. Dann begann er zu kratzen, bis sie erst violett-rot wurde und schließlich zu bluten anfing. So trug er die Erinnerung an sein Verbrechen nicht nur in seiner Seele, sondern auch in seinem Fleisch, sichtbar für jeden, mit sich herum. Er fühlte sich gebrandmarkt wie ein wilder Stier.

Lydia revanchierte sich für seine Rohheiten, indem sie ihren Ekel vor der Narbe äußerte und sie mit spitzen Fingern berührte.

Einen sonderbaren Hass hatte Armand auf den Kater entwickelt. Meistens flüchtete das Tier sich mit einem flinken Sprung auf den Schoß der Gelähmten und blickte seinen Peiniger von dort aus mit teuflischer Starrheit aus seinen bernsteinfarbenen Augen an. Diese Augen brachten Armand außer sich. Er griff es beim Nackenfell und schleuderte es zu Boden, wo er ihm einen Fußtritt versetzte, wenn das fauchende Tier nicht schnell genug das Weite suchen konnte. Die kalten Augen Frau Weberknechts sprachen Bände. In ihrem Schoß verweilte das geliebte Tier wie in einer uneinnehmbaren Festung. Beide schienen ihn seines Verbrechens stumm anzuklagen. Je benebelter Armand war, umso mehr glaubte er, dieser Kater habe dämonische Züge angenommen. Das Schicksal des armen Tieres war vorbestimmt und absehbar. Es war nur eine Frage der Zeit.

Eines Abends packte er das Tier im Übermaß der Gereiztheit und schleuderte es mit aller Kraft gegen die Wand. Der Stubentiger fiel mit herzzerreißendem Jaulen zu Boden und blieb dort mit verletztem Rückgrat liegen. Kurzerhand öffnete Armand das Fenster und warf ihn auf die Straße.

Frau Weberknecht, stumme Zeugin dieser Tierquälerei, beweinte ihren Kater fast so sehr wie ihren Sohn, während Lydia fast einen Nervenzusammenbruch erlitt.

Das Klagen der Katze unten auf der menschenleeren Straße verstummte erst spät an jenem regennassen Abend. In der schließlich einkehrenden Stille erlangte die alte Dame dann die Gewissheit, dass wenigstens das Tier von seinen Qualen erlöst war.

Das freundschaftliche Beisammensein der beiden jungen Frauen am Nachmittag währte nicht lange.
Schon bald wurde Lydia ihrer überdrüssig und sann auf ein Mittel, Viola wieder loszuwerden. Sie gab sich mit jedem Tag unfreundlicher und wortkarger und schenkte dafür ihrer Kundschaft wieder mehr Aufmerksamkeit, falls denn jemand hereinschaute. Der beabsichtigte Effekt auf Viola stellte sich bald ein. Ihre Besuche in der Taubergasse wurden seltener und blieben schließlich aus. Aber sie konnte Erics Frau einfach nicht mehr ins Gesicht sehen, ohne von einem starken Widerwillen und Überdruss ergriffen zu werden. Immerhin ertrug sie schon das Kartenspielen, dieses übermächtige Ritual, dieses Überbleibsel, an das Armand und sie sich nach wie vor gebunden glaubten.

Ihre Reuebekundungen und die zärtlichen Küsse wechselten zunehmend mit kalter Herzlosigkeit und Gleichgültigkeit ab. Es gab Tage, da beschränkte sich ihre Pflege, die sie für die Gelähmte aufbrachte, auf das Nötigste. Jedoch legte sie dafür nicht etwa mehr Fleiß im Geschäft an den Tag, nein, sie verließ das Haus, meistens kurz nachdem sich Armand ins Atelier aufmachte. Dennoch registrierte er ihre neue Angewohnheit, die Besorgnis und wachsenden Unmut in ihm hervorrief. Die plötzliche Schweigsamkeit, die sie ihm gegenüber an den Tag legte, war ihm unangenehmer als ihre verbalen Attacken, an die er sich schon gewöhnt hatte. Wenn sie sich nicht mehr abreagierte, so dachte er, würde sie eines Tages explodieren und sich dann zu unüberlegten Handlungen verleiten lassen. Vielleicht würde sie dem Untersuchungsrichter eine hübsche Geschichte auftischen. Vielleicht hatte sie sogar schon jemanden ins Vertrauen gezogen und sann mit dem großen Unbekannten auf Verrat. Das durfte er nicht zulassen. Er musste sie in Schach halten!

„DU GOTTVERDAMMTER SCHMAROTZER!"

„Ich muss heute Nachmittag noch eine Besorgung machen. Vielleicht könntest du gegen sechzehn Uhr zurück sein und dich um Mutter kümmern, damit sie nicht in ihrem eigenen Saft sitzt, bis ich zurück bin. Dein Atelier wird's schon verkraften."
Sie blickt ihn mit herausfordernder Kälte an. Doch er hat keine Lust auf ein hitziges Wortgefecht, und da er ausnahmsweise noch völlig nüchtern ist, spürt er auch keine Gewaltbereitschaft.
„Ich möchte bloß mal wissen, was dich in letzter Zeit so häufig vor die Tür treibt ... Das schöne Wetter wird es wohl kaum sein. Na, ist ja auch egal, ich rate dir nur, unsere einzige Einnahmequelle nicht durch Abwesenheit allzu sehr zu strapazieren, indem du anderen Späßen nachgehst."
Von einer plötzlichen Neugier gepackt nimmt er sich vor, seiner Frau an diesem Nachmittag unauffällig zu folgen.
„Du wirst mir nicht verbieten, vor die Tür zu gehen. Du selbst treibst dich doch ständig herum. Dabei lebst du gut und gerne mit verschränkten Armen auf meine Kosten ... Wolltest du nicht die große Kunst schaffen? Nichts als fromme Sprüche!"
Sie höhnte mit aufbrausender Heftigkeit.
„Wo wir gerade dabei sind, mein Schatz, ich bräuchte da noch einen kleinen Vorschuss für eine Reparatur in der Köhlstraße, ein Abfluss ist undicht und eine Wand feucht."
Sie funkelt ihn mit kalter Bosheit an.
„Dass du die Stirn hast, mich gerade jetzt auch noch um Geld zu fragen ... Hast du überhaupt irgendeine Ahnung von unserer

augenblicklichen Lage? Werfe doch mal einen Blick in die Bücher, wir steuern geradewegs in unser Elend. Da hast du deine kostbare Stelle aufgegeben, die uns jetzt hätte über Wasser halten können. Ich muss schon an Mutters Erspartes, um dich durchzufüttern und für diese überflüssige Miete für dein nichtsnutziges Atelier aufzukommen. Nein, nicht einen Cent bekommst du! Du bist ein gottverdammter Schmarotzer!" Mit diesen Worten kehrt sie ihm den Rücken und verlässt eilig das Zimmer.

„Das letzte Wort darüber ist aber noch nicht gesprochen, meine Liebe", hört sie ihn noch rufen.

Sie verließ die Taubergasse Richtung stadteinwärts.

Mit leiser Verwunderung stellte er fest, dass sie recht aufreizend gekleidet war, der enge Rock war eine Spur zu kurz, ihre hübschen Beine steckten in schwarzen eleganten Strümpfen, und selbst aus sicherer Entfernung vernahm er noch das Stakkato ihrer hochhackigen Schuhe auf dem Kopfsteinpflaster. Ärger stieg in ihm hoch, als er registrierte, wie sie ihre Hüften herausfordernd schwang.

Das Wetter war angenehm warm, und so waren die Straßen belebter als üblich.

Sie ging ohne Eile, den Kopf ein wenig nach hinten geneigt, das üppige rote Haar wie ein Schleier im leichten Wind wehend. Männliche Passanten, die ihr entgegenkamen, drehten sich um, um sie auch von hinten betrachten zu können. Armand spürte Erregung und den Stachel der Eifersucht. Doch wenn er der Sache auf den Grund kommen wollte, musste er sich beherrschen und inkognito bleiben. Er würde ihr später schon zeigen, wer die Hosen anhatte.

Sie bog plötzlich von der Hauptstraße nach rechts ab in die Bischhoffstraße. Angst schnürte ihm die Kehle zu, denn er wusste, dass dieser Weg auch an einer Polizeidienststelle vorbeiführte. Würde sie ihn ausliefern, ein Geständnis ablegen? War sie es so satt, dass er sie um Geld bat? Doch wozu hatte sie sich dann so aufreizend gekleidet? Das machte nun überhaupt keinen Sinn …
Einerlei, sollte sie tatsächlich die verhängnisvolle Schwelle über-

schreiten, würde er sie mit allen Mitteln daran zu hindern wissen, über ihrer beider Schicksal zu entscheiden.

Als ihr unerwartet auch noch ein Uniformierter entgegenkam, stockte ihm fast der Atem, er flüchtete eilig in den nächsten Hauseingang und schickte stumme Stoßgebete an den Allmächtigen, dass sie bloß den Mund halten würde. Jeder unzüchtige Schritt, den sie machte, schien ihm plötzlich ein Schritt der Strafe entgegen. Seine Angst vor Schuld und Sühne trieb ihm die Schweißperlen auf die Stirn, und er wischte sie mit zittrigen Fingern weg.

Was hätte er darum gegeben, sich jetzt einen genehmigen zu können!

Doch keck stolzierte sie hocherhobenen Hauptes an dem Objekt seiner nervösen Anspannung vorüber, und er musste sich beeilen, ihr nachzukommen und sie nicht aus den Augen zu verlieren. Seine Verfolgung fortsetzend kam es ihm vor, als zöge sie ihn an einem unsichtbaren Faden zum Schafott. Unbewusst befingerte er seine Narbe am Hals und schauderte bei dem Gedanken an die Stelle, durch die er sich als Mörder stigmatisiert sah.

Lydia hatte mittlerweile den Marktplatz erreicht. Einen Augenblick hielt sie unentschlossen inne und lenkte ihre Schritte dann zu einem Café am äußeren Rand des belebten Platzes. Sie setzte sich an einen unbesetzten Tisch außerhalb des Cafés und winkte den Kellner heran. Sie schien einige der herumsitzenden Gäste zu kennen, plauderte mit diesem und jenem leichthin und ließ ihren Blick in alle Richtungen schweifen.

Armand hatte indessen am Eingang eines gegenüberliegenden Geschäftes Stellung bezogen und beobachtete von dort, wie sich ein schlanker blonder Mann seiner Frau näherte, als hätte diese ihn bereits erwartet. Daraufhin traten zwei weitere Frauen an den Tisch, küssten Lydia auf die Wange und fingen ein scheinbar belangloses Gespräch an, wobei ihre heiseren, kehligen Stimmen bis zu Armand herüberklangen. Lydia und der Blonde steckten vertraut die Köpfe zusammen. Er griff nach ihrem grünen Schal, zwirbelte das Ende um seine Finger und zog sie langsam zu sich heran, bis ihr Gesicht dem seinen ganz nahe war. Sie bot ihm die üppig geschminkten Lippen und er hielt der Versuchung keinen Augenblick stand. Erneut fühlte Armand den Stachel der Eifersucht. Wut ballte sich in seinem Magen. Fast schon bereute er die Idee, sie verfolgt zu haben.

„Diese kleine Schlampe", entfuhr es ihm aus tiefster Brust. Einer Verkäuferin war seine grollende Bemerkung nicht entgangen, und sie zog pikiert die nachgezogenen Augenbrauen nach oben. Der blonde Typ schickte sich an, die Rechnung zu begleichen. Wenige Minuten später verließen die beiden Arm in Arm den Marktplatz und setzten ihren Weg in die Prinzengasse fort. Armand beeilte sich, ihnen auf den Fersen zu bleiben. Am Ende der Gasse sah er sie in einen kleinen Gasthof eintreten. Armand wusste nicht, ob man dort Zimmer stundenweise buchen konnte. Er bezog wieder einen Posten in einem Hauseingang und wartete ab. Kurze Zeit später erhaschte sein Blick das rote Haar seiner Frau an einem zur Straße liegenden Fenster auf der zweiten Etage des Gasthofes. Er glaubte, die Hände des Blonden zu sehen, die sich von hinten um ihren Hals legten, und wandte sich abrupt ab, unfähig, noch mehr zu ertragen.

Da er genug gesehen hatte, beschloss er, in die Taubergasse zurückzukehren. Zunächst war sein Blut vor Zorn und Eifersucht in Wallung, und er stellte Überlegungen an, wie er sie mit dem gelüfteten Geheimnis konfrontieren und es ihr heimzahlen sollte. Doch je mehr er darüber nachdachte, desto gelassener wurde er.

Als er an der nächsten Schenke vorbeikam, kehrte er kurzerhand ein und kippte an der Theke zwei Gläser hintereinander. Er bezahlte sofort und setzte seinen Heimweg fort. Der Alkohol verbreitete eine angenehme Wärme in seinem Körper, nahm ihm die leichte Übelkeit, die er kurz vorher noch gespürt hatte, und beruhigte mit einem Schlag seine angespannten Nerven. So beherrscht konnte er die Angelegenheit nun sachlich überdenken. Sie ist schlau, sagte er sich, stürzt sich auf neue Abwege und verschafft sich so Ablenkung. Indem sie ihre Gelüste befriedigt, bewältigt sie das Vergangene und kann vergessen. Was war sie anständig, ja abstinent gewesen, als er sie kennenlernte! Oder sollte er sich von vornherein in ihr getäuscht haben?

Wieder erregte es ihn auf eine perverse Weise, dass sie ihn betrog. Er würde ihr am Abend schon noch zeigen, dass er mehr draufhatte als der blonde Jüngling!

Wenn er ehrlich zu sich war, musste er sich eingestehen, dass er keine aufrichtige Zuneigung mehr für sie empfand, dass keine Liebe im Spiel war. Nur auf den Sex mit ihr wollte er ungern verzichten, genauso wenig wie auf ihr Geld. Auch wenn er sich immer mit der gleichen Hast vollzog, atemlos, ohne dass sich ihre Lippen dabei berührten oder ihre Hände Zeit fanden, Zärtlichkeiten auszutauschen.

Als ob man ein Glas Wasser hinunterstürzt, kurz vor dem Verdursten. Jedes Mal war es wie eine rasch verrichtete Notdurft, wie ein unkontrollierbares Stakkato ihrer Lenden, bis sie wie betäubt voneinander ließen und alsbald wieder von ihren düsteren Gedanken beherrscht wurden.

Nüchtern betrachtet war es immer noch besser, sie traf ihren Liebhaber als einen verliebten Polizeibeamten.

„LASS MEINEN VATER AUS DEM SPIEL!"

Er wartet geduldig auf ihre Rückkehr. Endlich hört er die Tür im Erdgeschoss ins Schloss fallen und kurze Zeit später ihre Schritte auf der knarrenden Holztreppe. Er hat nicht mehr getrunken, abgesehen von den zwei Kurzen auf seinem Heimweg. Er gibt sich freundlich und stellt sie wegen ihres Ausfluges nicht zur Rede. Sie würde vielleicht schlussfolgern, dass er ihr nachspioniert hat.

Als sie in die Stube kommt, merkt er ihr an, dass auch sie etwas getrunken hat. Aus ihren Kleidern steigt Tabak- und Alkoholgeruch. Ihr Gesicht ist eine Spur blasser als sonst, mit leichten Schatten unter den Augen.

„Hast du mal nach Mutter geschaut?", fragt sie ihn nach einer knappen Begrüßung mit leichter Gereiztheit in der Stimme.

„Alles erledigt", entgegnet er, „die schlummert selig in ihrer Koje ... Die Pflegerin war noch da und hat sie bettfertig gemacht."

Lydia nickt wortlos und geht an ihm vorbei in die Küche, wo sie kurz darauf geschäftig mit dem Geschirr hantiert.

Das Abendessen verläuft schweigsam. Sie vermeiden einander in die Augen zu schauen. Jeder hat wohl seine eigenen Gründe dafür. Schließlich stützt Armand seine Ellbogen demonstrativ auf den Tisch und räuspert sich. Dann kommt er ohne Umschweife zur Sache.

„Ich muss noch einmal darauf zurückkommen … Ich brauche Geld!"

Ihr Blick fährt zur Decke, ein untrügliches Zeichen dafür, wie überdrüssig sie des Themas ist.

„Ich habe es dir doch schon gesagt, ich kann dir jetzt nichts extra geben. Schau zu, dass du ein Bild verkaufst! Das kommt davon, du hast dich darauf eingerichtet, mit verschränkten Armen auf meine Kosten zu leben, doch deine Rechnung ist nicht aufgegangen. Du bist nichts weiter als ein Nutznießer, ein Parasit. Kein Wunder, dass dein Vater dich längst abgeschrieben hat!"

„Lass meinen Vater aus dem Spiel!", funkelt er sie mit gottlosen Augen an, „das Thema tut hier nichts zur Sache. Übrigens stinkst du nach Tabak und Schnaps … Kommt wohl von der netten Gesellschaft, in der du seit Neuestem zu verkehren scheinst!"

Er hat keine Anspielung auf ihr heimliches Treffen machen wollen, aber nun ist es heraus. Immer gelingt es ihr, ihn so zu reizen, dass er sich gehen lässt, unüberlegte Dinge sagt oder zuschlägt. Oder wieder zur Flasche greift. Auch jetzt sieht er sich schon wieder Hilfe suchend nach seinem Seelentröster um. Sie kontert mit scharfer Stimme: „In dieser *Gesellschaft*, wie du es nennst, gibt es wenigstens keine Totschläger!"

Er wird sehr blass, das Herz klopft ihm bis zum Hals, und seine Hände ballen sich zu Fäusten. Doch er bezwingt sich.

„Meinst du nicht, es wäre an der Zeit, das Kriegsbeil zu begraben und wie vernünftige Menschen miteinander zu reden? Ich habe dich doch lediglich um einen kleinen Vorschuss gebeten, ist das denn schon zu viel verlangt? Ich zahle dir alles auf den Cent zurück, mein Wort darauf!"

„Ha, wovon willst *du* mir denn auch nur einen Cent zurückzahlen!", höhnt sie mit beißendem Spott. Das reißt ihn blitzschnell vom Stuhl. Er packt sie an ihrem Schal und zieht ihr Gesicht zu sich heran. Mit stoischer Ruhe wartet sie auf den Schlag, der sie treffen wird, doch er lässt sie unvermittelt los.

„Du willst mich wohl zum Äußersten treiben, mein Leben unerträglich machen. Weißt du, was, ich werde dem ganzen Wahnsinn hier ein Ende machen. Lieber friste ich in einer Zelle, als dass man meine Schnapsleiche hier findet. Komm, lass uns jetzt gleich gehen und alles gestehen."

Armand macht Anstalten, sie aus der Stube die Treppe herunterzuziehen. Schon umfasst seine Hand den Türgriff, doch anstatt ihn entschlossen herunterzudrücken, umklammern seine starren Finger den eiskalten Stahl. Das Tor der Wahrheit ist nah.

Blitzartig werden ihm die ganze Tragweite und die Folgen eines Geständnisses bewusst. Stumm blicken sie einander an, dann findet Lydia ihre Sprache zurück.

„Im Grunde genommen muss ich ja sowieso mit dir teilen. Du hast ja nichts, und wir sind verheiratet. Was bringt es mir also, jetzt diesen Aufstand wegen dieses dummen Vorschusses zu machen, wenn du ohnehin von meinem Geld lebst. Ich strapaziere mir nur die Nerven wegen eines Umstandes, den ich im Moment nicht ändern kann. Du musst dir wieder eine Arbeit besorgen, wenn du im Atelier nichts Gescheites zustande bringst und für das Antiquariat unbrauchbar bist!"

Obwohl sie jetzt klein beigegeben hat, versucht sie ihre Niederlage nicht zu verschleiern. Sie geht entschlossen ins Geschäft hinunter und stellt ihm einen Scheck aus, den sie ihm wortlos überreicht.

Bereits am folgenden Tag löste Armand den Scheck bei der Bank ein. Das Geld vermittelte ihm ein Gefühl der Beruhigung und Sicherheit. Die Sache mit der Reparatur im Atelier war allerdings nur vorgeschoben. Die Wand war nicht wirklich feucht, und auch der Abfluss funktionierte noch. Mit dem Geld in der Tasche zog er ziellos durch die Straßen, blieb in der einen oder anderen Kneipe hängen, wo er nach alten oder neuen Bekanntschaften suchte. Im lärmenden Miteinander und in alkoholgeschwängerter Luft der Schenken meinte er, neue Erregungen und Kicks zu finden und so der Wirklichkeit zu entfliehen. Seine Kneipengänge begannen sich auszudehnen. Oft verließ er nach dem Abendessen noch einmal die Taubergasse, mit der Begründung, frische Luft schnappen zu müssen. Bisweilen blieb er sogar die ganze Nacht fort und gab am nächsten Tag an, im Atelier eingeschlafen zu sein. Was nicht unbedingt der Unwahrheit entsprach. Allerdings waren die Umstände ein wenig anders gelagert. In irgendeiner dubiosen Schenke hatte er die Bekanntschaft eines Mädchens gemacht und sie in sein Atelier geschleppt, nachdem er ihr erst vorgegaukelt hatte, ein sehr beschäftigter Maler zu sein und sie das angeblich perfekte Modell für sein derzeitiges Kunstwerk.

Doch sein heiliges Atelier entpuppte sich mehr und mehr als Treffpunkt seiner Ausschweifungen. Und in dem Augenblick, wo die Frauen die Schwelle zu seiner angeblichen Arbeitsstätte überschritten hatten, reduzierte sie Armand auf billige Weiber, die sich mit geilen Augen, aufreizender Kleidung, zu stark geschminkt und mit magerem Hintern von ihm aushalten und befriedigen ließen. Nein, er empfand keinerlei Skrupel, sich an ihnen abzureagieren und ihnen anschließend die Tür zu zeigen. Es gab keine Schamgrenze mehr, die war lang überschritten.

Behandelte ihn seine eigene Frau nicht ebenso schäbig? Nichts war für einen Mann so schwer zu ertragen, wie die methodische Reduzierung seiner Persönlichkeit vom bewunderten und begabten Helden auf einen mittellosen Loser, der vom Geld anderer lebt, ein Parasit der Gesellschaft. Seine finanzielle Abhängigkeit, die er sich zugegebenermaßen selbst eingebrockt hatte, und der allmähliche stetige Verlust seines Selbstvertrauens und Selbstwertgefühls trieben ihn nun dahin, sich ins Laster zu stürzen, hemmungslos, ausschweifend, schamlos. Er gierte nach neuen Fantasien, nach Fragmenten, die er in die inhaltsarme Gegenwart transferieren konnte. Was sich zur Sackgasse entpuppte. Denn sobald er in die Taubergasse zurückkehrte, krampfte sich sein Magen zusammen, er spürte Unwillen in sich aufsteigen.

Und auch Lydia verließ das Haus jetzt fast regelmäßig. Immer öfter ließ sie den Pflegedienst für Frau Weberknecht kommen, erübrigte immer seltener Zeit, sich selbst um sie zu kümmern. Und Antiquitätenliebhaber fanden immer häufiger das Schild *Geschlossen* an der Ladentür vor.

Oft kam sie erst nach zwanzig Uhr nach Hause zurück. Dann eilte sie in einem plötzlichen Anfall von Schuldbewusstsein und Schamgefühl zu ihrer Ziehmutter. Manchmal war sie dann schon zu Bett gebracht worden, doch es gab Tage, da fand Lydia sie im Dämmerzustand und mit zur Brust geneigtem grauen Haupt in ihrem Rollstuhl sitzend vor, ihr armselig gewordenes Leben dahinfristend, in der Hoffnung, dass sie eine überirdische Kraft möglichst bald von ihren seelischen Qualen erlösen möge.

Das unstete Leben wurde Lydia bald zu anstrengend und erschöpfte sie. Ihr ging es ähnlich wie Armand. Das körperliche Vergnügen, die Zügellosigkeit und Exzesse wirkten nicht so stark und anhaltend, als dass sie Vergessen schaffen konnten.

Im Grunde genommen war es ähnlich wie bei einem Alkoholabhängigen, dessen verbrannter abgehärteter Gaumen unempfindlich gegen den Schnaps geworden ist.

Lydias Bekanntschaften waren stets von kurzer Dauer und hinterließen nichts weiter als einen schalen Nachgeschmack. Ihr Körper fühlte sich dumpf und gelähmt an, sie fühlte sich träge und wurde schwermütig. Von ihrer desperaten Stimmung beherrscht, raffte sie sich immer seltener auf, ins Geschäft zu gehen. Gleichwohl wusste sie, dass sie jetzt nur auf sich selbst zählen konnte und musste, wollte sie nicht den totalen finanziellen Schiffbruch erleiden.

Sie hielten das hemmungslose Leben nicht lange durch und versuchten ihren gewohnten Alltag wieder aufzunehmen. Auch der Kartenabend, der gewöhnlich am Freitagabend stattgefunden hatte, wurde, nachdem er wegen des drastischen Lebenswandels zeitweise ganz ausgesetzt worden war, wieder eingeführt. Als Grund dafür waren natürlich die beklagenswerten Umstände Frau Weberknechts angeführt worden, wofür von allen Seiten Verständnis bekundet wurde.

Nun aber wollte man wieder zur Normalität übergehen. Doch ihr Hass aufeinander wurde dadurch nicht gemindert. Die Streitigkeiten und hitzigen Wortgefechte begannen von Neuem. Zu ihrer Animosität gesellte sich jetzt offenes Misstrauen, das sie unterschwellig schon vorher empfunden hatten. Argwöhnisch belauerten sie sich, von der wahnsinnigen Vorstellung beherrscht, dass der eine den anderen durch sein Geständnis verraten wollte. Armands Angst ging so weit, dass er befürchtete, Lydia spiele mit der Absicht, sich einem Kunden anzuvertrauen. Plötzlich erschien er ungewohnt häufig im Geschäft, gab an, sich für die Bücher zu interessieren, oder betrachtete gedankenverloren die herumstehenden Objekte. Dabei fixierten seine Augen jeden Interessenten, der die Schwelle überschritt, mit eiskalter Schärfe.

Es war klar, dass dieser Kriegszustand nicht von Dauer sein konnte.

Die tragischen Folgen des ersten Verbrechens konnten letztendlich nur durch ein weiteres abgewendet werden. Beiden war bewusst, dass sie sich trennen mussten. Doch während Armand klar erkannte, dass er, ohne Hab und Gut, ohne brotbringende Arbeit und talentfrei obendrein, in totaler finanzieller Abhängigkeit stand, keimte in Lydia der Gedanke, sich auch diesen Mann vom Hals zu schaffen. Der Mord, der ihr vorschwebte, erschien ihr in ihrer Abgestumpftheit plötzlich natürlich, ja unvermeidlich und gezwungenermaßen herbeigeführt durch den Tod ihres ersten Mannes. Ihr war klar, dass Armand sie nicht aus freien Stücken verlassen würde, dazu war er viel zu phlegmatisch und berechnend, und auf eine perverse Art schien er sie ja auch noch zu begehren. Sie musste also etwas nachhelfen. In ihrer Abgebrühtheit spielte sie vor ihrem geistigen Auge einige Möglichkeiten durch. Sie konnte ihn erschießen und es nachher so aussehen lassen, als hätte er Suizid begannen. Doch wie kam sie an eine Pistole? Sie konnte das große Küchenmesser schleifen und ihm damit einen Stoß in die Brust geben. Doch der bloße Gedanke an das unvermeidliche Blutgemetzel ließ ihr das eigene Blut in den Adern gefrieren und vor Ekel erschauern. Sie resignierte. Wie konnte sie ihr Vorhaben durchführen? Finanziell erledigt, war er so abhängig von ihr wie mittlerweile vom Schnaps, der ihn immer weiter in die Antriebslosigkeit und Gewaltbereitschaft manövrierte. Würde sie ihm die Tür weisen, eine Trennung erzwingen, so würde er eher zur Polizei gehen und ihrer beider Feigheit ein Ende setzen, als sie freizugeben, davon war sie überzeugt.

Das Verbrechen hatte sie aneinandergekettet. Weder Ausschweifung noch Reueschwüre hatten die blutige Fessel sprengen können. Argwohn, Verfolgungswahn und die Angst vor der Strafe vereinigten sie in derselben furchtbaren Innigkeit wie ihr Ehering. Das schlechte Gewissen der grausigen Tat und der Umgang mit der Schuld fraßen sich durch Armands Eingeweide, so wie der Schnaps langsam seine Leber zerfraß. Und das sichtbare Brandmal blieb die Narbe am Hals.

Die Tage kriechen eintönig dahin. Jetzt, im November, zeigt sich das Wetter grau in grau. Die typischen Novemberstürme, nicht selten begleitet durch schweren Regen, peitschen die dicken Wolken. Das Wetter spiegelt die innere Verfassung ihrer zerrissenen Seelen wider. Die Qualen, die sie sich zufügen, stürmen in ihnen wie der nasskalte Novemberwind.

„SO HAT SIE ES ALSO FERTIGGEBRACHT, DIE KLEINE HURE, UND ERNST GEMACHT"

An einem trüben Nachmittag desselben Monats betrat ein Mann in Uniform das Antiquariat. Lydia hatte bereits in Erwägung gezogen, das Geschäft an jenem düsteren Tag früher als üblich zu schließen. Nur ein einziger Kunde hatte sich am Vormittag in den Laden verirrt, niemand schien verständlicherweise bei diesem ungemütlichen Nieselregen große Lust zu verspüren, durch die Fußgängerzonen zu schlendern.

Vertieft in die Geschäftsbücher blickte sie wie in Zeitlupe auf, als sie unerwartet die Türglocke vernahm. Als sie den Uniformierten auf sich zukommen sah, stockte ihr für den Bruchteil einer Sekunde das Herz. Er hat es also getan, Armand hat gestanden, durchfuhr es sie blitzartig. Doch sie fand bewundernswert schnell zu ihrer Gelassenheit zurück. Nur ihr Gesicht war vielleicht eine Spur blasser als sonst, als sie mit einem sanften Lächeln nach seinen Wünschen fragte. Dabei glättete sie schnell, fast unbewusst, das widerspenstige Haar, das sie sich eben noch bei der Durchsicht der Bücher gerauft hatte. Der Mann, schätzungsweise um die vierzig, blickte sie freundlich an und kam noch näher auf sie zu.

„Ich habe mir schon ewig vorgenommen, hier mal reinzuschauen, und dann setze ich mein Vorhaben ausgerechnet bei diesem Hundswetter in die Tat um!" Er ließ seinen Blick interessiert umherschweifen, während sie ihn vorsichtig fixierte.

„Wissen Sie, ich bin nicht aus diesem Ort, dabei ist es ja wirklich kein Akt, den Wagen zu nehmen und bis hierher zu fahren. Ich komme aus der Nähe von Coburg und eigentlich nicht in eigener Sache, sondern wegen meiner Mutter, die dringend eine restaurierte alte Nähmaschine sucht. Ein Freund hat mir den Tipp gegeben, es hier einmal zu versuchen. Sie müssen wissen, sie hat bald Geburtstag und da hätte ich ja schon das passende Geschenk. Mein Bekannter, der mich hierhergeschickt hat, will schon einmal ein solches Schätzchen in Ihrem Geschäft gesehen haben. Ist das richtig?"

„Ja, das stimmt, das war eine wirklich gut erhaltene *Ossa*-Maschine. Leider haben wir die aber zwischenzeitlich verkauft, tut mir wirklich leid. Ich könnte aber versuchen, ein ähnliches Modell zu besorgen … Wann bräuchten Sie das gute Stück denn?"

Sie sah ihm die Enttäuschung an, die sich augenblicklich auf seinem Gesicht breitmachte.

„Da hätte ich wohl doch besser daran getan, früher zu kommen! Na, vielleicht lässt sich ja noch etwas arrangieren … Meinen Sie, Sie könnten innerhalb der nächsten vier Wochen fündig werden?"

„Ich versuche natürlich mein Möglichstes, versprechen kann ich allerdings nichts."

Sie begab sich sogleich zu ihrem Laptop und blätterte, während das Programm hochfuhr, mit fliegenden Fingern in einigen Katalogen, die auf dem Tisch lagen. Der ungewohnte Eifer zauberte eine dezente Röte auf ihre Wangen, was der Mann leicht amüsiert registrierte. Während sie eine Recherche im Internet startete, sah er sich im Laden um.

„Ich verstehe wirklich nichts von Antiquitäten, müssen Sie wissen, aber ich habe den Eindruck, Sie haben ein paar schöne Raritäten hier", stellte der Kunde fest. Er nahm eine Holzspieluhr aus dem Erzgebirge und drehte sie lächelnd in seinen Händen. Sein Blick glitt die staubigen Regale entlang, die schon lange einer gründlichen Reinigung bedurften, und blieb an einer antiken Porzellankaffeemühle hängen.

„Auch ganz süß", bemerkte er amüsiert und wandte sich mit der Kaffeemühle in der Hand zu ihr um.

„Kann man mit diesem guten Stück tatsächlich noch Kaffee mahlen?"

„Natürlich, sie funktioniert … Wäre aber zu schade. Ich denke, sie ist eher für dekorative Zwecke geeignet." Sie errötete leicht. Der Mann gefiel ihr, obwohl ihr seine Uniform ein bisschen Angst und Misstrauen einjagte. Er sah gut aus, war freundlich und sprach mit einem angenehmen Tonfall, Balsam für ihre Ohren und ihre Seele.

Dabei hatte es auch mit Armand einmal so angefangen, erinnerte sie sich, aber das schien eine Ewigkeit her zu sein.

„Schade, ich hätte Sie sonst zu einer Tasse Kaffee einladen können, nachdem ich sie gekauft hätte!"

Sie brauchte einen Augenblick, um zu begreifen, dass er von der Kaffeemühle sprach, mit der er für sie hätte Kaffee mahlen wollen. Und da errötete sie noch mehr.

„Na, wie dem auch sei, das würde ich jedenfalls trotzdem gern, Sie zum Kaffee einladen, meine ich. Schließlich muss ich mich für Ihre Mühen doch erkenntlich zeigen!", fuhr er schmunzelnd fort.

„Versprechen kann ich Ihnen noch nichts, aber die Einladung nehme ich trotzdem gerne an", erwiderte Lydia lächelnd, während sie etwas aufschrieb, dann um den Tisch herumkam und ihm ein Notizblatt überreichte.

„Hier sind noch einmal Adresse, Telefonnummer, E-Mail und ein paar kleine Details zu der Nähmaschine. Sie können sich zwischenzeitlich gerne erkundigen, aber ich halte Sie während meiner Recherche selbstverständlich auf dem Laufenden."

Er griff in seine Brusttasche und reichte ihr eine kleine Karte.

Just in jenem Augenblick erklang die Ladentür und Armand stolperte über die Schwelle. Sein Zustand war beklagenswert. Die dunklen Augen waren blutunterlaufen, mit schwarzen Schatten darunter. Er schien den Buchteil einer Sekunde zu brauchen, um zu registrieren, dass er sich einem Polizisten gegenübersah. Als die Botschaft in seinem benebelten Hirn ankam, wurde sein Gesicht, in dem ein dunkler Dreitagebart zu sprießen begann, aschfahl.

So hat sie es also fertiggebracht, die kleine Hure, und Ernst gemacht, durchfuhr es ihn wie ein Blitz, und der kalte Schweiß brach ihm aus. Sein desolater Zustand trieb Lydia die Schamröte ins Gesicht. Sie war so stolz und überzeugt davon, auf ihren Interessenten einen guten Eindruck gemacht zu haben. Jetzt kam dieser Taugenichts durch die Tür und drohte, alles kaputt zu machen. Er brachte ein möglicherweise lukratives Geschäft in Gefahr, indem er den sympathischen Kunden verjagte, den sie dringend brauchte. Armand musste von der Bildfläche verschwinden, und zwar schleunigst, bevor er Schaden anrichten konnte.

„Geh schon mal nach Mutter schauen, ich komme gleich nach." Lächelnd wandte sie sich wieder ihrem Kunden zu.

„Armand ist der Pfleger meiner armen Mutter", erklärte sie, „die Arme hatte unlängst einen schweren Schlaganfall und ist seitdem, aufgrund ihrer gravierenden Lähmung, praktisch rund um die Uhr auf Betreuung angewiesen."

Und ganz leise, hinter vorgehaltener Hand fügte sie hinzu: „Wie Sie unschwer erkennen können, ist dieser Pfleger nicht meine größte Unterstützung. Er ist unzuverlässig und ungepflegt. Ich schaue mich gerade nach einem Ersatz um."

Auch wenn Armand angetrunken war, so fingen seine Ohren, in denen er sein Blut rauschen hörte, doch genügend Bruchstücke der Bemerkung auf. Er verspürte nicht wenig Lust, zuerst den Kerl vor die Tür zu setzen und dann seine unverschämte Frau zu verprügeln. Doch diese Uniform jagte ihm Angst und Entsetzen ein. Nach einer Sekunde des stillen Zornes verließ er tatsächlich fast fluchtartig die Szene und stolperte mit zitternden Knien die ächzende Holztreppe hinauf zu seiner Schwiegermutter, wohin Lydia ihn verwiesen hatte.

In der Wohnstube traf er auf Frau Weberknecht in ihrem Rollstuhl. Er erschauderte unter dem Blick ihrer anklagenden hasserfüllten kalten Augen, der wie ein Dolchstoß in sein Herz drang. Er war es so leid, ihren Anblick zu ertragen. Übelkeit stieg in ihm hoch. Am liebsten würde er sich jetzt auf der Stelle ihrer entledigen. Doch er stand nur da, betrachtete die Frau und stellte sich in seiner Irrwitzigkeit vor, wie sie sein Schlag auf die Schläfe treffen und den oberen Teil ihrer Stirn bis zum Scheitel zerschmettern würde. Er stand da und stellte sich ihre Augen vor, die selbst nach Einsetzen des Todes vor Entsetzen weit offen sein würden, als wollten sie aus ihren Höhlen springen.

„SO SCHNELL WIRST DU MICH NICHT LOS!"

„Vielleicht könntest du ihr schon mal etwas zu essen geben, wenn es nicht zu viel verlangt ist!"

Er ist so in seine abwegigen Gedanken vertieft gewesen, dass er gar nicht bemerkt hat, dass Lydia den Raum betreten und an ihm vorbei in die Küche gegangen ist, wo sie sich nun anschickt, Speck aufzuschneiden.

„Ich will gar nicht fragen, wie du deinen Nachmittag verbracht hast, aber ich für meinen Teil habe *mein* Geld heute schon verdient!", höhnt sie.

Er hört, wie das Messer kratzend über das Schneidebrett fährt.

„Fragt sich nur *wie!*", kontert er verächtlich und füllt sein Rotweinglas.

Sie steht plötzlich im Türrahmen, das Messer noch in der Hand haltend.

„Sieh dich doch einmal an, du gibst ein jämmerliches Bild ab."

Womit sie keinesfalls unrecht hat. Er sieht in der Tat bedauernswert aus. Das Gesicht aufgedunsen, von grünlichem Teint, mit angeschwollenen Lidern. Die geröteten Augen glänzen in einer Art Irrsinn. Er trägt ein zerknittertes, mit Schnapsflecken beflecktes Hemd, an dem zwei Knöpfe fehlen und dessen Kragen völlig zerdrückt ist, als hätte ihn seine Narbe so gepeinigt, dass er erst herumgekratzt und sie dann zu verbergen versucht hätte.

Sie steht unbeweglich da, mustert Armand, den Mann, für den sie einmal bereit gewesen ist, jedes Opfer zu bringen, dem sie gewissenlos geholfen hat, ihren Ehemann zu beseitigen, dem sie sich hingegeben hat, wann immer er Lust dazu verspürt hat. Sie hat ihn bewundert und begehrt. Bilder ziehen wie Momentaufnahmen vor ihrem geistigen Auge vorbei, zeigen Situationen und Stationen ihres Beisammenseins. Eine erotische kurzlebige Romanze, weiter nichts, an deren Anfang ihre Illusion vom perfekten Glück gestanden hat und an deren Ende nun die Ernüchterung, die Entlarvung steht.

Ihr Blick, der unverhohlene hochmütige Geringschätzung widerspiegelt, lastet schwer auf ihm. Mit dem Glas in der Hand kommt er auf sie zu, leicht schwankend.

„Sag mir, was hattest du mit dem aufgeblasenen Kerl dort unten so eifrig zu besprechen?" Seine Zunge ist schwer wie Blei.

„Dieser Kerl, wie du ihn nennst, trägt vielleicht nicht unerheblich dazu bei, meine Kasse aufzustocken, die du immer wieder zu plündern versuchst – womit wir auch schon wieder bei unserem leidigen Thema wären. Ich will, dass du deine Sachen packst und verschwindest. Geh von mir aus in dein Atelier, bis du bei jemand anderem unterkriechen kannst. Aber nach einem Nachmieter dafür kannst du trotzdem schon mal Ausschau halten!"

„Den Teufel werd ich tun!" Er baut sich drohend vor ihr auf.

„So schnell wirst du mich nicht los. Da machst du es dir zu einfach. Du schuldest mir etwas, schon vergessen?"

„Ich schulde dir gar nichts, du warst es, du ganz allein hast Clemens gewürgt, geschlagen und ertrinken lassen. Du hast den Plan geschmiedet!"

Frau Weberknechts Augen verfolgen die Streitenden unablässig, taxieren ihre Gebärden. In ihnen spiegelt sich nicht nur Abscheu und Widerwillen, sondern auch eine Spur Aufmerksamkeit. Sie wartet ab, beäugelt das Paar wie ein Raubtier seine Beute. Die alte Dame spürt die nahe Krisis, die durch die Verkettung der Ereignisse und der andauernden Selbstzerfleischung unvermeidlich ausbrechen muss.

Lydias Worte haben ihr gerade aufs Neue den Tod ihres geliebten Sohnes vor Augen gebracht. Doch sie weidet sich an dem Schauspiel, das sich vor ihr abspielt.

„Du gehst, das ist mein letztes Wort." Mit Eiseskälte stellt sie die Fronten klar. Er steht da, wie ein begossener Pudel, betrachtet, wie sie mit ruhiger Entschlossenheit zum Tisch geht. Wie sie mit übertriebener Akribie ein Tischtuch auflegt. In geschäftigem Treiben trägt sie Geschirr heran. Das Klappern schmerzt ihm in den Ohren, in denen er gleichfalls das Pulsieren seines Blutes vernimmt. Die altbekannte Übelkeit steigt in ihm hoch, verursacht einen schalen Geschmack in seinem ausgetrockneten Mund.

„Wenn du nicht gehst, mir das Leben hier weiter zur Hölle machst und uns auf der Tasche liegst, sag ich ihm alles – diesem *Kerl*, wie du ihn nennst! Lieber sitze ich meine Mitschuld ab, als dass ich hier weiter für einen Trinker schufte. Ich bekomme sowieso mildernde Umstände, dessen bin ich mir sicher. Doch du, mein Lieber, du wirst in den Knast gehen – wegen vorsätzlichen Mordes, und sie werden dich lange wegsperren, davon kannst du ausgehen. Also, willst du immer noch bleiben?"

Seine Augen fixieren ihr rotes Haar, gleiten an ihrer schmalen wohlproportionierten Gestalt hinab und bleiben schließlich an dem grünen Kaschmirschal hängen, dem Accessoire, ohne das sie niemals ausgeht, auf das sie in fast keiner Lebenslage verzichtet. Auch als sie ihn in ihren Bann gezogen hat, trug sie dieses signifikante, für sie typische Halstuch. Er hat sie mit diesem verwerflichen Schal manipuliert, stellt er plötzlich fest. Jetzt hat sie beschlossen, ihn hinauszuwerfen und sich dem Nächsten an den Hals zu werfen, der schon in den Startlöchern steht. Ihm wird bewusst, seine Lage ist ausweglos.

Mechanisch, wie von selbst, bewegen sich seine Beine auf sie zu. Seine Augen sind wieder auf ihren Schal gerichtet, der locker den schlanken weißen Hals umspielt. Dann steht er ganz nahe hinter ihr. Sie spürt seinen heißen, nach Schnaps riechenden Atem in ihrem Nacken und dreht sich, von Ekel ergriffen, nach ihm um, um ihn abzuwehren. Just in diesem Augenblick packen die Hände zu.

Wie eine enorme Welle steigen Wut und Verzweiflung in ihm hoch, verhelfen diesen Händen zu einer unerwarteten Kraft. Als er das Halstuch zuzieht, beginnt sie zu zittern, ihr Gesicht wird weiß wie ein Bettlaken, verzerrt sich durch krampfartige Zuckungen. Sie hebt eine Hand, öffnet den Mund zum Schrei, doch es kommt kein Laut. Da versucht sie, rückwärts gehend, sich seiner zu entziehen und fühlt die Kante des Tisches in ihren Lenden. Ihre Lippen verziehen sich kläglich, wie es bei Kleinkindern der Fall ist, die, wenn sie sich vor etwas fürchten, gebannt auf das blicken, wovor sie Angst haben, und losheulen wollen.

Immer stärker zieht Armand die Schlinge zu. Er glaubt, ihr Herz in der Todesangst schlagen zu hören. Dieselben Hände haben einst auch Clemens' Hals gewürgt.

Ihre Augen drohen aus ihren Höhlen zu quellen, er registriert mit einer Art irrsinniger Faszination, wie kleine Blutgefäße und Äderchen in ihnen platzen. Noch in ihrer Todesqual versucht sie, ihre letzten Kräfte zu mobilisieren, doch die Muskeln wollen nicht mehr gehorchen. Der Sauerstoffmangel schaltet ihr Hirn langsam ab. Die Beine geben ihr nach, und sie sinkt bewusstlos zu Boden.

Armands Körper geht mit; wie im Wahn ziehen diese Hände gleich eines losgelösten Werkzeuges die Schlinge fester und fester um den Hals. – Diese Hände, sie gehören ihm nicht mehr.

Nach endlosen Minuten lässt die Verkrampfung in den Händen nach.

Armand erhebt sich langsam, den Blick starr auf den leblosen Körper gerichtet.

Es erscheint ihm jetzt unfassbar und unbegreiflich, dass diese Hände dazu fähig sind, einen zweiten völlig unvorhergesehenen Mord zu begehen.

Er wird von einer Art Verwirrung und Nachdenklichkeit ergriffen. Noch immer steht er da, wie angewurzelt, und blickt auf die Tote am Boden. Wie ein Mann, der sein Spiel und alle Wetten verloren hat und verzweifelt dem Ruin entgegensieht. Eine große Schwäche befällt nun seinen Körper nach dem heftigen Kampf der Leidenschaften und Niederlagen.

Wie ein Schiffbrüchiger, der den letzten Blick zum Himmel erhebt, sieht er in die unerbittlichen Augen Frau Weberknechts.

Und plötzlich weiß er, was er tun muss, wenn er nicht gewillt ist, auch die Bürde eines zweiten Mordes zu schultern. Doch zuvor nimmt er noch einmal einen kräftigen Schluck direkt aus der Flasche. Der Schnaps rinnt seine Kehle hinunter, nicht beißend, sondern fast sanft und beruhigend und verschafft ihm das wohlige Bauchgefühl.

Er bewegt sich, mechanisch wieder, auf die Anrichte zu, wo noch das Küchenmesser liegt, mit dem Lydia Minuten vorher den Speck aufgeschnitten hat.

Als die Hände, die ihm auch jetzt nicht gehören, den kalten Griff umklammern, ist sein Verstand schon ausgeschaltet.

Als die Messerspitze in seinen Brustkorb knapp unterhalb des Herzens fährt, spürt er einen heftigen stechenden Schmerz. Es wird schwarz vor seinen Augen, und er geht zu Boden. Sein Leib wird warm; es ist das Blut, das aus der Wunde in seiner Brust tritt, in der das Messer steckt. Es strömt heraus wie aus einem umgeworfenen Weinglas, und sein todeszuckender Körper wälzt sich minutenlang, bevor er reglos liegen bleibt.

EPILOG

Frau Weberknecht starrte auf das blutleere, krampfartig verzogene und verzerrte Gesicht Armands. Dann verweilten ihre Augen auf dem leblosen Körper ihrer Schwiegertochter, deren üppige Mähne sich wie heiße Lava über den Boden ergoss und mit dem Grün des verhängnisvollen sündigen Schals kontrastierte.

Im gelblichen Schein des Lichtes betrachtete die Witwe die beiden Toten starr und stumm die ganze Nacht hindurch. Sie konnte sich nicht an ihnen sattsehen, und mit ihren Augen tötete sie sie immer und immer wieder aufs Neue.

Die Autorin

Petra Rütgers, Jahrgang 1964, ist gelernte Bankkauffrau und Fremdsprachenkorrespondentin. Seit 2014 ist sie als Übersetzerin tätig. In ihrer Freizeit widmet sich die Autorin künstlerischen Aktivitäten wie dem Barpiano-Spiel, Malen oder dem orientalischen Tanz.

Mit „Der sündige Schal" erscheint nach „Es gibt auch Sonne hinter den Wolken" (2011) und „Mauruuru – Perlen der Südsee" (2012) nunmehr ihr drittes Buch im novum Verlag. Nach zwei biografischen Werken betritt sie literarisches Neuland und legt erstmalig einen Roman vor.

Petra Rütgers ist verheiratet und lebt zusammen mit ihrem Mann und ihren beiden Söhnen in Aachen.

novum VERLAG FÜR NEUAUTOREN

Der Verlag

*Wer aufhört
besser zu werden,
hat aufgehört
gut zu sein!*

Basierend auf diesem Motto ist es dem novum Verlag ein Anliegen neue Manuskripte aufzuspüren, zu veröffentlichen und deren Autoren langfristig zu fördern. Mittlerweile gilt der 1997 gegründete und mehrfach prämierte Verlag als Spezialist für Neuautoren in Deutschland, Österreich und der Schweiz.

Für jedes neue Manuskript wird innerhalb weniger Wochen eine kostenfreie, unverbindliche Lektorats-Prüfung erstellt.

Weitere Informationen zum Verlag und seinen Büchern finden Sie im Internet unter:

w w w . n o v u m v e r l a g . c o m

Petra Rütgers

Es gibt auch Sonne hinter den Wolken

ISBN 978-3-99003-303-6
150 Seiten

Wenn die Buchstaben Kopf stehen.
Petra Rütgers' Sohn kämpft mit der Lernschwäche Legasthenie. Eine Wand von Ratlosigkeit steht zwischen ihm und verschiedenen Therapeuten.
Wie kann sie die Legasthenie akzeptieren?

novum VERLAG FÜR NEUAUTOREN

Petra Rütgers

Mauruuru – Perlen der Südsee

ISBN 978-3-99026-557-4
162 Seiten

Wenn einer eine Reise tut, dann kann das zur aufregendsten Sache der Welt werden!
Gerade 50 geworden, will Michael Rütgers endlich selbst herausfinden, ob die Bilder von den paradiesischen Atollen in der Südsee mit ihren türkisfarbenen Lagunen und kristallklarem Wasser an schneeweißen palmengesäumten Stränden nur getürkte Bilder trickreicher Fotografen sind oder ob tatsächlich noch Südseeträume wahr werden.